中国教育学会中学语文教学专业委员会专家审定

青少年经典阅读书系 〔名师解读〕
QINGSHAONIAN JINGDIAN YUEDU SHUXI

GEDE
TANHUALU

歌德谈话录

【一次穿越时空隧道的人生畅谈】

〔德〕爱克曼◎著

《青少年经典阅读书系》编委会◎主编

首都师范大学出版社
CAPITAL NORMAL UNIVERSITY PRESS

图书在版编目（CIP）数据

歌德谈话录／《青少年经典阅读书系》编委会主编.—北京：
首都师范大学出版社,2011.11(2025年3月重印)
（青少年经典阅读书系.文学名著系列）
ISBN 978-7-5656-0512-3

Ⅰ.①歌… Ⅱ.①青… Ⅲ.①歌德,J. W. V. (1749~1832)-
语录 Ⅳ.①I516.64

中国版本图书馆 CIP 数据核字(2011)第 222679 号

歌德谈话录

《青少年经典阅读书系》编委会 主编

策划编辑 徐建辉
首都师范大学出版社出版发行
地　　址　北京西三环北路 105 号
邮　　编　100048
电　　话　68418523(总编室)　68418521(发行部)
网　　址　www.cnupn.com.cn
印　　厂　廊坊市安次区团结印刷有限公司
经　　销　全国新华书店发行
版　　次　2012 年 7 月第 1 版
印　　次　2025 年 3 月第 5 次印刷
书　　号　978-7-5656-0512-3
开　　本　710mm×1000mm　1/16
印　　张　12.5
字　　数　169 千
定　　价　44.00 元

总　序

Total order

　　被称为经典的作品是人类精神宝库中最灿烂的部分，是经过岁月的磨砺及时间的检验而沉淀下来的宝贵文化遗产，凝结着人类的睿智与哲思。在滔滔的历史长河里，大浪淘沙，能够留存下来的必然是精华中的精华，是闪闪发光的黄金。在浩瀚的书海中如何才能找到我们所渴望的精华——那些闪闪发光的黄金呢？唯一的办法，我想那就是去阅读经典了！

　　说起文学经典的教育和影响，我们每个人都会立刻想起我们读过的许许多多优秀的作品——那些童话、诗歌、小说、散文等，会立刻想起我们阅读时的那种美好的精神享受的过程，那种完全沉浸其中、受着作品的感染，与作品中的人物，或者有时就是与作者一起欢笑、一起悲哭、一起激愤、一起评判。读过之后，还要长时间地想着，想着……这个过程其实就是我们接受文学经典的熏陶感染的过程，接受文学教育的过程。每一部优秀的传世经典作品的背后，都站着一位杰出的人，都有一个高尚的灵魂。经常地接受他们的教育，同他们对话，他们对社会与对人生的睿智的思考、对美的不懈的追求，怎么会不点点滴滴地渗透到我们的心灵，渗透到我们的思想和感情里呢！巴金先生说："读书是在别人思想的帮助下，建立自己的思想。""品读经典似饮清露，鉴赏圣书如含甘饴。"这些话说得多么恰当，这些感

总 序
Total order

受多么美好啊！让我们展开双臂、敞开心灵，去和那些高尚的灵魂、不朽的作品去对话，交流吧，一个吸收了优秀的多元文化滋养的人，才能做到营养均衡，才能成为精神上最丰富、最健康的人。这样的人，才能有眼光，才能不怕挫折，才能一往无前，因而才有可能走在队伍的前列。

"首师经典阅读书系"给了我们一把打开智慧之门的钥匙，会让我们结识世界上许许多多优秀的作家作品，会让这个世界的许多秘密在我们面前一览无余地展开，会让我们更好地去感悟时间的纵深和历史的厚重。

来吧！让我们一起品读"经典"！

国家教育部中小学继续教育教材评审专家
中国教育学会中学语文教学专业委员会秘书长　苏立康

丛书编委会

丛书策划　李佳健
　　　　　王　安
主　　编　李佳健
副 主 编　张　蕾
编　　委（排名不分先后）
　　　　　张　蕾　李佳健　安晓东　王　晶　高　欢
　　　　　徐　可　李广顺　刘　朔　欧阳丽　李秀芹
　　　　　朱秀梅　王亚翠　赵　蕾　黄秀燕　王　宁
　　　　　邱大曼　李艳玲　孙光继　李海芸

　　歌德是德国历史上最伟大的诗人，他同荷马、但丁和莎士比亚一起，并称为欧洲四大文化名人。歌德的名字早已为我国读者所熟知，他的作品，如《少年维特的烦恼》、《浮士德》、《维廉·麦斯特》等，深受我国读者的喜爱。

　　《歌德谈话录》，是歌德与爱克曼两个人的谈话记录。由于歌德与爱克曼的谈话常常引起爱克曼的兴趣，所以有些被爱克曼记录下来，后来又经过爱克曼的回忆、选择和整理，才形成了人们在文学史上看到的《谈话录》。

　　19世纪的三四十年代是德国历史上的革命年代，由于歌德对革命采取怀疑和疏远的态度，他就成了民主激进派攻击的对象。在这种情况下，爱克曼这本记述歌德谈话的书就理所当然地受到评论界和广大读者的冷遇。1848年革命失败以后，德国的政治形势起了变化，歌德越来越受公众重视。特别是1871年德国统一以后，歌德更成为"奥林匹斯神"。记载这个"圣人"谈话的书也就成了"圣书"。学术界更是将这本书看做研究歌德的必读书目；有些专家甚至把这本书当做歌德自己的作品。另外，许多学者对书中记述的情景和谈话一点儿也不怀疑会有失真的地方，绝对相信它们的可靠性。总之，从19世纪末到20世纪，绝大多数学者都把爱克曼的这本书看做是客观地、忠实地记载了歌德的谈话，是一份绝对可靠的第一手文献。

　　《歌德谈话录》是在两个人谈话的基础上，由爱克曼辑录而成的，其中包括爱克曼付出的辛劳。

　　爱克曼一开始记录歌德的谈话时，只是出于一个文学青年对这位大作家的景仰之情，并没有想到将来要出一本书。但是他常常自觉地把整理好的记录给歌德审阅，并一直坚持不懈地进行这项工作。

在爱克曼辑录的《歌德谈话录》里，歌德不是躲在他创作的人物和情景背后的带有某种神秘色彩的作家，而是在实际生活中向他人倾吐衷肠的普通人。读者直接地看到了歌德这个人，看到了他的世界以及他与世界的关系，在我们面前出现的是一个完整的、立体的、活生生的歌德。

不论是书中记载的谈话还是记叙的情景，都有与实际事实不符的地方。但这并不奇怪，因为即使是自己撰写的自传也很难保证所写的一切都完全符合事实。尽管书中存在着许多缺点乃至错误，但这并不影响这本书的价值。任何一本书都不可能尽善尽美，读者读任何一本书都需要有批判的眼光和创造的态度，而这一点正好也是爱克曼所希望的。他说："如果读者要理解一位作家，他自己就得有创造性。如果他读一本书不能有所创造，那这本书就是死的。"

《歌德谈话录》的中译本自 1978 年在我国出版以来，受到广大读者的好评和喜爱。《谈话录》以对话的形式出现，直截了当；谈话内容也包罗万象，涉及哲学、人生、宗教、艺术、美学、政治观点……而且褒贬不一，在各个领域里都有其独到的看法，显示出其丰富渊博的知识。

同时由于采取对话的形式，各种内容和思想就相对比较分散和自由。本书在朱光潜先生的中译本基础上精心选择和分析，力图尽力将内容相一致的谈话部分集中在各章里，并在每一章前将总体的谈话内容和主旨思想加以概括和提炼，以帮助广大青年更好地理解《歌德谈话录》的丰富内容。此外，本书在每章后还设有相关的思考题，希望广大青少年读者能结合思考题做更深入的思考。

第一章

> 歌德不仅是一位伟大的诗人，而且是一位伟大的思想家。在这一章里，我们可以看到歌德对世界、对人生的哲学思考，同时也可以相应地看到歌德有关方法论的一些观点。

1827 年 10 月 18 日（歌德和黑格尔谈辩证法）

黑格尔来到魏玛。歌德对黑格尔这个人很尊敬，尽管对黑格尔哲学所产生的某些效果不太满意。今晚他举行茶会招待黑格尔，准备当晚离开魏玛的泽尔特也在座。

关于哈曼谈得很多，黑格尔是主要发言人。他对这位才智非凡的哲学家发表了一些深刻的见解，要不是他对哈曼进行过最仔细、最认真的研究，就不会有那样深刻的见解。

后来话题转到辩证法的本质。黑格尔说，"归根到底，辩证法不过是每个人所固有的矛盾精神经过规律化和系统化而发展出来的。这种辩证才能在辨别真伪时起着巨大的作用。"

歌德插嘴说，"但愿这种灵巧的辩证技艺没有经常被人误用来把真说成伪，把伪说成真！"

黑格尔说，"你说的那种情况当然也会发生，但也只限于精神病患者。"

歌德说，"幸好对自然科学的研究使我没有患精神病！因为在研究自然时，我们所要探求的是无限的、永恒的真理，一个人如果在观察和处理题材时不抱着老实认真的态度，他就会被真理抛弃掉。我还深信，辩证法的许多毛病可以从研究自然中得到有效的治疗。"

大家谈得正欢，泽尔特站了起来，一声不响就离开了。我们明白泽尔特对于要和歌德告别感到很难过，所以采用这种办法来避免告别时的悲伤。

1829 年 2 月 4 日（常识比哲学可靠；奥斯塔特的画；阅读的剧本与上演的剧本）

歌德说，"我在继续读许巴特，他确实是个有意思的人，如果把他的话翻译成我们一般人的语言，他有很多话是顶好的。他这部书的要义是：在哲学之外还有一种健康人的常识观点，科学和艺术如果完全离开哲学，单靠自由运用人的自然力量，就会作出更好的成绩。这些话对我们都是有益的。我自己对哲学一向敬而远之，健康人的常识观点就是我的观点，所以许巴特肯定了我毕生所说的和所行的。

"他有一点却是我不能完全赞同的，那就是他在某些问题上所知道的比所说出来的更好，这样他就不是抱着老实态度进行工作。像黑格尔一样，他硬要把基督教扯进哲学里，实际上这二者却互不相干。基督教本身有一种独立的威力，堕落的受苦受难的人们往往借此来提高精神。我们既然承认基督教能起这种作用，它就已提高到哲学之上，就不能从哲学得到什么支持。另一方面，哲学也不必乞灵于基督教，以便证明某些学说，例如永生不朽说。人应当相信灵魂不朽，他有相信这一点的权利，这是符合他的本性的，他可以信任宗教的许诺。但是哲学家如果想根据一种传说来证明灵魂不朽，这种证明就很软弱，没有多大价值。对于我来说，灵魂不朽的信念是由践行这个概念中生出来的。因为我如果孜孜不倦地工作直到老死，在今生这种存在不再能支持我的精神时，大自然就有义务给我另一种形式的存在"。

……

1829 年 2 月 17 日（哲学派别和发展时期；德国哲学还要做的两件大事）

……

我们的话题转到印度哲学。

歌德说，"如果英国人所提供的资料可靠，印度哲学也并不稀奇，它毋宁是重演了我们大家都经历过的几个时期。我们还是孩子时都是感官主义者；到了讲恋爱时成了理想主义者，在所爱的对象身上发现了本来没有的特点；等到爱情发生动摇，疑心对方不忠实，于是我们又变成怀疑论者了，连自己也不知其所以然。到了暮年，一切都无足轻重，我们就听其自然，终于变成清静无为主义者了，就像印度哲学那样。

"在我们德国哲学里，要做的大事还有两件。康德已经写了《纯理性批判》，这是一项极大的成就，但是还没有把一个圆圈画成，还有缺陷。现在还待写的是一部更有重要意义的感觉和人类知解力的批判。如果这项工作做得好，德国哲学就差不多了。"

歌德接着说，"黑格尔在《柏林年鉴》上发表了一篇对哈曼的批判。这几天我在反复地阅读这篇论文，对它很赞赏。作为批判者，黑格尔的判断向来是很好的。"……

1829 年 9 月 1 日（灵魂不朽的意义）

我告诉歌德说，有一个路过魏玛的人听到过黑格尔论证神的存在的演讲。歌德和我一致认为这种演讲已不合时宜了。

歌德说，"怀疑的时代已过去了，现在很少有人怀疑自己的存在或神的存在。关于神的本质、灵魂不朽、我们灵魂的存在和灵魂与肉体的关系这类长久不得解决的问题，哲学家们不能再有什么新东西给我们讲了。最近一位法国哲学家很有把握似的开宗明义就讲：'人所共知，人是由肉体和灵魂两部分构成的。我们先讲肉体，接着再讲灵魂。'费希特稍微前进了一步，比较聪明地从这个难题中脱了身。他说，'我们将讨论作为肉体的人和作为灵魂的人。'他懂得很清楚,那样一个紧密结合的整体是不能分开的。康德划定了人类智力所能达到的界限,把这个不可解决的问题丢开不管,这无疑是最有益的办法。人们在这种问题上费过多少哲学思维,但是达到什么结果呢?我并不怀疑我们的永生,因为自然不能没有生命力,但是我们并不是同样不朽,要在将来表现出伟大的生命力,就应〔在今世〕也是一种伟大的生命力"。

1830 年 8 月 2 日(关于一次科学辩论:科学上分析法与综合法的对立)

……

歌德说,"这件事是极重要的。我听到七月十九日会议的消息时心情多么激动,是你无法想到的。我们现在发现,乔弗列·圣希莱尔长久以来就是我们的一位有力的同盟者。我可以看出法国科学界对这次会议多么关心,因为尽管有这次可怕的政治骚动,七月十九日会议还是座无虚席。但是最重要的一点还是,乔弗列介绍给法国的那种研究自然的综合法今后再也不会被抛弃掉了。经过科学院这次自由讨论,这件事就已向广大群众公开,不再可能只是提交秘密委员会,关起门来把它作弄掉或扼杀掉了。今后在法国自然科学研究中,精神会驾驭物质了。我们由此可以窥测出神工鬼斧创造这个世界的一些规律了!如果用分析法,我们就只研究物质的一些个别组成部分,而感觉不到有一种精神气息在规定每一组成部分的发展方向,凭一种内在规律去限制或制裁每一种〔对既定方向的〕背离,如果不是这样,那还有什么和自然打交道的基础呢?

"五十年来我一直在努力解决这个大问题。起初我是孤立无援的,后来才得到一些支持,现在终于看到志同道合的人们在这方面走到我前面去了,所以感到欣喜。……现在乔弗列·圣希莱尔肯定地站在我这一边,和他合作的还有一些学生和追随者。这对我有难以置信的价值。我有理由欢庆我毕生献身的、主要由我创始的事业最后得到普遍的胜利。"

1831 年 2 月 17 日（作者在不同的发展阶段看事物的角度不同，须如实反映）

陪歌德吃晚饭。我把我在上午刚编辑过的他写的《1807 年在卡尔斯巴德居住日记》带给他。我们谈到其中逐日作为感想记下来的一些美妙的段落。歌德笑着说，"人们总以为人到老才会聪明，实际上人愈老就愈不易像过去一样聪明。一个人在生命过程中会变成一个另样的人，但是很难说他会变成一个较高明的人。在某些问题上，他在二十岁时的看法可能就已和在六十岁时的看法一样正确。

"当然，我们对这个世界，从平原上去看是一个样子，从海峡的高处去看是另一个样子，从原始山峰的冰川上去看样子又不同。从一个立足点比从另一个立足点所看到的一片地界可能广阔些，不过如此而已，但是不能说，从这个立足点上看到的就比从另一个立足点上看到的更正确些。由此可见，如果一个作家要在他生平各个阶段上都留下纪念坊，主要的条件是他要有天生的基础和善良意愿，在每个阶段所见所感都既真实而又清楚，然后就专心致志地按照心中想过的样子把它老老实实地说出来。这样，他的作品只要正确地反映当时那个阶段，就会永远是正确的，尽管他后来可能有所发展和改变。"

我对这番高见表示完全赞成。歌德接着说，"我最近碰到一张旧纸，拿起来看了一下，就自言自语地说，'呃，这上面写的不算坏，我自己也只能这样想，这样写呀！'可是仔细一看，才看出这正是我自己作品中一个片段。因为我老是拼命写下去，就把已写出的东西忘记了，不久自己的作品就显得生疏了。"

……

1831 年 6 月 20 日（论传统的语言不足以表达新生事物和新的思想认识）

今天午后在歌德家待了半个钟头，他还在吃饭。我们谈到一些自然科学的问题，特别谈到语言的不完善和不完备造成了谬误观点的广泛流传，后来要克服这些错误和谬误观点就不大容易。

歌德说，"问题本来很简单。一切语言都起于切近的人类需要、人类工作活动以及一般人类思想情感。如果高明人一旦窥见自然界活动和力量的秘密，用传统的语言来表达这种远离寻常人事的对象就不够了。他要有一种精神的语言才足以表达出他所特有的那种知觉。但是现在还找不到这种语言，所以他不得不用人们常用的表达手段来表达他所窥测到的那种不寻常的自然关系，这对他总是不完全称心如意的，他只得对他的对象'削足适履'，甚至歪曲或损毁了它。"

我说，"这话由您说出来，当然有道理；因为您观察事物一向很周密，而且您深恨陈词滥调，您对事物的真知灼见，一向总是能找到最恰当的表达方式。不过我总认为在这方面我们德国人一般还是可以满意的。我们的语言非常丰富、完美，而且可以向前发展，所以我们尽管偶尔也不得不使用陈词滥调，总还可以做到距恰当的表达方式相差不远。法国人在这方面就不如我们这样便利。他们往往利用技艺方面的陈词滥调来表达一种新观察到的、较高深的自然关系，结果不免偏于形骸和庸俗，不能表达出那较高深的见解。"

歌德说，"从我新近知道的顾维页和乔弗列·圣希莱尔两人之间的争论中，我可以看出你这番话多么正确。乔弗列的确是个人物，他对自然界精神的统治和活动确实有一种高明见解，但是他不得不用传统的表达手段，他的法文往往使他束手无策。这不仅是对秘奥的精神对象，就连对完全可以眼见的有形的对象也是如此。他要是想表达一种有机物的个别部分，除掉表达物质形体的词汇之外，他就想不出恰当的词，例如他要想表达各种骨骼作为形成胳臂这种有机整体的同质部分，只得用表达木板、石块构造房子时所用的那一类语言。"

歌德接着又说，"法国人用 Komposition 来表达自然界的产品，也不恰当。我用一些零件来构成一部机器，对这样一种活动及其结果，我当然可以用 Komposition 这个词。但是如果我想到的是一个活的东西，它有一种共同的灵魂贯串到各个部分，是一种有机整体，那么我就不能用 Komposition 这个词了。"

我说，"我认为对于真正的艺术和诗艺的产品，用 Komposition 这个词也不恰当，而且降低了这种产品的价值。"

歌德说，"这是我们从法文移植过来的一个很坏的字，我们应该尽快废掉不用。怎么能说莫扎特 compose 他的乐曲《唐·璜》呢？哼，构成！仿佛这部乐曲像一块糕点饼干，用鸡蛋、面粉和糖掺和起来一搅就成了！它是一件精神创作，其中部分和整体都是从同一个精神熔炉中熔铸出来的，是由一种生命气息吹嘘过的。所以它的作者并不是在拼凑三合板，不是只凭偶然的幻想，而是由他的精灵去控制，听它的命令行事。"

第二章

　　歌德的宗教观是建立在他的哲学思想基础之上的。他不相信有超自然力的、主宰一切的神灵。他把"上帝"这个词进行了改造，使它变成他自己理解的意思，即把"上帝"看做是人类的道德良心和自然的最高法则的神圣体现。这在 1832 年 3 月 11 日的长谈中有所表现。但歌德在对待自然的时候常常表现出一种"泛神论"的思想。宗白华先生用"一花一世界，一树一菩提"来形容这种思想。在歌德的心目中，大自然处处有神，所谓神，就存在于花草树木山石溪流之中。这种思想使他始终保持对大自然的敬畏和热爱。

1824 年 5 月 2 日（谈宗教与诗）

接　着我们随便谈了一些其他问题，然后又谈到某些艺术家想把宗教变成艺术的错误倾向。对他们来说，艺术就应该是宗教。歌德说，"宗教对艺术的关系，和其他重大人生旨趣对艺术的关系一样。宗教只应看做一种题材，和其他人生旨趣享有同等的权利。信教和不信教都不是我们用来掌握艺术作品的器官。掌握艺术作品需要完全别样的力量和才能。艺术应该诉诸掌握艺术的器官，否则就达不到自己的目的，得不到它所特有的效果。一种宗教题材也可以成为很好的艺术题材，不过只限于能感动一般人的那一部分。因此，圣母与圣婴是个很好的题材，可以百用不陈，百看不厌。"

……

1829 年 4 月 3 日（爱尔兰解放运动；天主教僧侣的阴谋诡计）

……

话题从耶稣会教士们及其财富转到天主教徒和爱尔兰解放运动。库德雷说，"可以看到，解放将会得到批准，但是英国国会将会加上许多条文，使解放不致对英国有危险。"

歌德说，"对于天主教徒们，一切预防措施都没有用处。罗马教廷有些我们梦想不到的利益计较，也有些我们毫无概念的暗地使用的手段。假使我是英国国会议员，我也不会防止这种解放运动；但是我要请求把这一条记录在案：倘若有一个重要的爱尔兰新教徒头一次因为天主教徒投票反对他而断送了头颅，就请人们回想一下我这番话。"

……

话题又回到天主教徒们以及他们的巨大影响和暗地里的阴谋活动。人们提到汉诺地方有一位青年作家，在他主编的刊物上发表文章讥笑天主教念珠祈祷仪式。僧侣们通过他们的影响，把他们管辖的各教区内所有这一期刊物都买去了。歌德说，"我的《少年维特》出版不久，米兰就出版了意大利文译本，但是没过多少时候，这一版的译本连一本也看不到了。当地大主教吩咐僧侣们在各地区把整版译本都买去了。我并不生气，反而对这帮狡猾的老爷的做法感到高兴。他们马上看出《少年维特》对天主教徒们是一部坏书。我得佩服他们马上采取了有效措施，偷偷摸摸地把它销毁掉。"

1830 年 3 月 17 日（对英国主教骂《维特》不道德的反击）

……

歌德接着用同样毒辣的讽刺口吻重新谈到英国高级僧侣的高薪俸，还追述了他和英国德比郡主教勃里斯托勋爵的一次遭遇。

他说，"勃里斯托勋爵路过耶拿，想和我结识，邀我在一天晚上去见他。他这人有时爱耍点粗野，但是你如果用同样的粗野回敬他，他就驯良起来了。在谈话中他就《少年维特》向我说教起来，想刺痛我的良心，说我不该让人走向自杀。他骂《维特》是一部极不道德的该受天谴的书。我高声对他说，'住嘴！你对我的可怜的《维特》竟说出这样的话来。那么我问你，世间有些大人物用大笔一挥就把十万人送到战场，其中就有八万人断送了性命，要他们互相厮愍杀人放火和劫掠。你对这种大人物该怎么说呢？在看到这些残暴行为之后，你却感谢上帝，唱起《颂圣诗》来。你还用地狱惩罚的恐怖来说教，把你的教区里孱弱可怜的人们折磨到精神失常，终于关进疯人院去过一辈子愁惨生活！还不仅此，你还用你们的违反理性的传统教义，在你的基督教听众灵魂里播下怀疑种子来毒害他们，迫使这些摇摆不定的灵魂堕入迷途，除了死以外找不到出路！对于这一切，你对自己该怎么说，你该受什么惩罚呢？现在你却把一个作家拖来盘问，想对一部被某些心地褊狭的人曲解了的作品横加斥责，而这部作品至多也不过使这个世界甩脱十来个毫无用处的蠢人，他们没有更好的事可做，只好自己吹熄生命的残焰。我自以为这是替人类立了一个大功，值得你感谢。现在你竟想把这点战功说成是罪行，而你们这批王公僧侣老爷却允许自己犯那样严重的罪行！'"

"这场反攻对那位主教产生了顶好的效果。他变得像绵羊一样驯良，从此在谈话中就对我彬彬有礼，声调也和蔼起来了。当晚我和他处得很好。勃里斯托勋爵尽管粗野，毕竟是个通达世故人情的人，知道在什么场合说什么话。等到告别时，他送我走了几步路，又让他的修道院院长继续送我。走到大街上，这位院长大声向我说，'啊！歌德先生，您说得多妙，叫勋爵多高兴啊！您懂得叫他欢喜的妙诀。要是您说得稍微委婉一点儿，软弱一点儿，您回家时就不会对这次访问这样满意了'。"

我接着说，"为了《维特》那部作品，您可真惹了不少麻烦。您和勃里斯托的会见令我想起您和拿破仑关于《维特》的谈话。当时塔列朗也在场，是不是？"

歌德说，"他也在场。不过对于拿破仑，我没有什么可埋怨的。他对我极友好，他谈论《维特》这个题目的方式，也是人们可以期待于他这位具有伟大精神的人物的。"

1832 年 3 月 11 日（歌德对《圣经》和基督教会的批判）

今晚在歌德家待了个把钟头，就各种问题谈得很畅快。我近来买到一部英文版《圣经》，里面找不到"经外书"，我感到遗憾。"经外书"没有被收入，据说是伪书，并非来自上帝。我想看到而看不到的有托比阿斯（Tobias）这个过着极高尚的虔诚生活的模范人物、《所罗门的箴言》和《西拉克之子耶稣的箴言》，这些书都有其他各经很少能比得上的高度宗教伦理意义。我向歌德表明了我的遗憾，认为不应该从狭隘观点出发，把《旧约》中某些书看做直接来自上帝，其他同样好的书则不是上帝的：仿佛以为任何高尚伟大的东西竟然有可能不来自上帝，或不是上帝影响的果实。

歌德回答说，"我完全赞成你的意见，不过理解《圣经》的问题有两种不同的观点。一种是原始宗教的观点，也就是来自上帝的完全符合自然和理性的观点。只要得到上帝恩宠的生灵还存在，这种观点就永远存在，永远有效。但是这种观点太高尚尊贵，只有少数优选者才会有，不易普遍流行。此外还有教会的一种比较平易近人的观点；它是脆弱的，可以变更而且在永远变更中存在，只要世间还有脆弱的人们。未经污染的上帝启示的光辉太纯洁太强烈，对这些可怜的脆弱人是不适合而且不能忍受的。于是教会就作为中间和事佬插足进来，把这种纯洁的光辉冲淡一些，弄暗一些，使一切人都获得帮助，使不少人获得利益。通过基督教会作为基督继承人能解除人类罪孽这种信仰，基督教会获得了巨大权力。基督教僧侣的主要目的就是要维持这种权力，来巩固基督教会的结构。"

"所以基督教会很少追问《圣经》中这部经或那部经是否大有助于启发人类心灵，是否含有关于高尚伦理和尊严人性方面的教义，而是更多地着眼于摩西五经中突出人类犯罪的故事以及要有赎罪者来临的必要性；接着在'先知书'中要突出所期待的赎罪者终于会来临的多次预兆；最后在几部'福音书'中就只把耶稣降临人世、在十字架上钉死看成是为人类赎罪。

你看，抱着这样的目的，从这种角度看问题，无论是高尚的托比阿斯，还是所罗门和西拉克的箴言，都不很重要了。"

"此外，关于《圣经》中各书孰真孰伪的问题提得很奇怪。什么是真经，无非是真正好、符合自然和理性、而在今天还能促进人类最高度发展的！什么是伪经，无非是荒谬空洞愚蠢、不能产生结果、至少不能产生好结果的！如果单凭流传下来的书是否有某些真理这样一个标准，来断定《圣经》中某一部经的真伪，我们就有很多理由怀疑某些'福音'是否是真经。因为《马可福音》和《路迦福音》都不是根据亲身经验，而是许久以后根据口头传说写出来的，最后一部'福音'即青年约翰的'福音'也只是到他垂暮之年才写出来的。尽管如此，我还认为四'福音书'完全是真经，因为其中反映了基督的人格伟大，世上过去从来没有见过那样神圣的品质。如果你问我，按我的本性，是否对基督表示虔敬，我就回答说，当然，我对他无限虔敬！在他面前我鞠躬俯首，把他看做最高道德的神圣体现。如果你问我，按我的本性，对太阳是否表示崇敬，我也回答说，当然，我对太阳无限崇敬！因为太阳也是最高存在的体现，是我们这些凡人所能认识到的最强大的威力。我崇拜太阳的光和神圣的生育力。靠太阳我们才能生活，才能活动，才能存在；不但我们，植物和动物也都是如此。但是如果你问我，我对着使徒彼得和保罗的手指骨是否也要鞠躬，我就回答说，请饶了我吧，让那些迷信玩意儿去见鬼吧！"

"使徒说过，'切莫熄灭精神！'"

"教会规章中有许多是荒谬的。但是教会要想统治，就要有一批目光短浅的群众向它鞠躬，甘心受它统治。拥有巨资的高级僧侣最害怕的莫过于让下层大众受到启蒙，他们长久禁止人民大众亲自阅读《圣经》；能禁止多久，就禁止多久。可怜的教众面对拥有巨资的大主教们会怎样想？如果他们从'福音书'中看到基督那样穷困，他和他的门徒们都是步行，态度极谦卑，而高级僧侣们却乘六匹马的轿车，招摇过市，神气十足？"

歌德接着说，"我们还没有认识到路德和一般宗教改革给我们带来的一切好处。我们从捆得紧紧的精神枷锁中解放出来，由于日益进展的文化教养，我们已能够探本求原，从基督教原来的纯洁形式去理解基督教了，我们又有勇气把脚跟牢牢地站在上帝的大地上，感觉到自己拥有上帝赋予的人的性格了。无论精神文化教养怎样不断向前迈进，自然科学在广度和深度上怎样不断进展，人类心灵怎样尽量扩张，它也不会超越'福音书'中所闪耀的那种基督教的崇高和道德修养！"

"我们新教徒向高尚的目标进展，天主教徒也会很快地跟上我们。他们一旦受到现时代日益扩展的伟大启蒙运动的影响，势必要跟上来，不管他们愿不愿，直到有朝一日天主教和新教终于合而为一。

"不幸的新教派系纷争将会停止，父与子以及兄弟和姊妹之间的仇恨和敌对也将会随之停止。因为等到人们一旦按其本来真相去理解并且实行基督的纯洁教义和博爱，他们就会认识到自己伟大而自由，不再特别重视这一派或那一派的宗教仪式的浮文末节了。那时我们都会从一种只讲文字信条的基督教逐渐转到一种重情感思想和行动的基督教了。"

话题转到基督以前生活在中国、印度、波斯和希腊的一些伟大人物，提到神力在他们身上起作用，也正如在旧约时代某些伟大犹太人物身上起作用一样。于是又转到在我们生活其中的今日世界里，神力对伟大人物所起的作用如何。

歌德说，"听到一般人的言论，我们几乎会相信：从远古以来，上帝早已退位，寂然无声了，人们现在仿佛都要立在自己的脚跟上，要考虑自己在上帝寂然无声的情况下如何生活下去了。在宗教和道德的领域里，也许还承认神的某种作用；但是在科学和艺术的领域里，人们都相信这里完全是尘世间事，一切都只是人力的果实。"

"让每个人都凭人的意志和力量，去创造比得上用莫扎特、拉斐尔和莎士比亚来题名的那种作品吧！我知道得很清楚，这三位高明人物并不是世间所仅有的。就拿艺术领域来说，还有无数卓越人物作出了可以和这三人媲美的作品。但是他们如果和这三人一样伟大，他们也就和这三人一样超越寻常人的自然资禀，一样具有上帝的特赐。"

"归根到底，这事情本来是怎样，又应该是怎样的呢？——上帝自从人所共知的、凭空虚构的六天创世工作之后，并不曾退隐去休息，而是一直和开始一样在继续起作用。用一些单纯元素来建造这个笨重的世界，让它年复一年地在阳光里运转，这对上帝也许并没有多大意思，如果他不是按预定计划还要在这种物质基础上替精神世界建造一个苗圃的话。所以上帝现在仍继续不断地在一些较高明的人物身上起作用，以便引导较落后的人跟上来。"

歌德说完就默默无语了。我把这番教导铭刻在心中。

歌德非常喜欢自然科学，一生孜孜不倦地致力于科学研究，从生物学到物理学、地质学、天文学和气象学，涉猎广泛，并曾著有《植物形态学》和《颜色学》等。在与爱克曼的谈话中，他经常就自然科学的各方面发表意见，表述自己的观点。1824 年 2 月 4 日，歌德谈到牛顿关于光和颜色的学说，他认为牛顿关于光和颜色的学说是错误的，并认为自己是真正认识了"真正的纯洁的光"。这种所谓的"真正的纯洁的光"即认为光不是由各种颜色合成的，而是独立自在独自形成的。现代科学已经证明这一观点是基本符合科学结论的，体现了歌德的唯物观。

1824 年 2 月 4 日（歌德对于光和颜色的认识）

今天晚饭后歌德和我一起翻阅拉斐尔的画册。歌德经常温习拉斐尔，以便经常和最好的作品打交道，练习追随着伟大人物的思想而思想。他劝我也下这种工夫。

后来我们谈到《胡床集》，特别是其中的《坏脾气》一卷。这是一些发泄他胸中对敌人的愤恨的短诗。

他接着说，"我还是很有节制的。如果我把心中的烦恼全都倾吐出来，这里的几页就会变成一整本书。"

"人们对我根本不满意，老是要我把老天爷生我时给我的这副面目换成另一个样子。人们对我的创作也很少满意。我一天又一天、一年又一年地用全部精神创作一部新作品来献给世人，而人们却认为他们如果还能忍受这部作品，我为此就应向他们表示感谢。如果有人赞赏我，我也不应庆贺自己，把这种赞赏看做是理所应得的，人们还期待我说几句谦虚的话，表示我这个人和我这部作品都毫无价值。但这就违背我的性格，假如我要这样伪装来撒谎，我就要变成一个可怜的恶棍了。我既然有足够的坚强性格来显出自己的全部真相，人们就认为我骄傲，直到今天还是如此。

"无论在宗教方面、科学方面，还是在政治方面，我一般都力求不撒谎，有勇气把心里所感到的一切照实说出来。"

"我相信上帝，相信自然，相信善必战胜恶，但是某些虔诚的人士认为这还不够，还要我相信三就是一和一就是三，这就违背了我心灵中的真实感，而且我也看不出这对我有丝毫益处。"

"我发现牛顿关于光和颜色的学说是错误的，并且有勇气来驳斥这个普世公认的信条，这对我就变成了坏事。我认识到真正的纯洁的光，我认为我有责任来为它进行斗争。可是对立的那一派却在郑重其事地力图把光弄成昏暗，因为他们扬言：阴影就是光的一个组成部分。我这样把它表达出来，好像很荒谬，可是事实确是如此。因为他们说过，各种颜色（这些本是阴影和浓淡造成的）就是光本身，换句话说，就是时而这样折损、时而那样折损的光线。"

1827 年 2 月 1 日（歌德的《颜色学》以及他对其他自然科学的研究）

……

歌德把他的《颜色学》打开放在我面前。……我阅读了关于生理颜色的第一段。

歌德说，"你看，凡是在我们外界存在的，没有不同时在我们内界存在，眼睛也和外界一样有自己的颜色。颜色学的关键在于严格区分客观的和主观的，所以我正从属于眼睛的颜色开始。这样我们在一切知觉中就经常可以分清哪种颜色是真正在外界存在的，哪种颜色只是由眼睛本身产生的貌似的颜色。所以我认为我介绍这门科学时，先谈一切知觉和观察都必须依据的眼睛，是抓住了正确的起点的。"

我继续阅读下去，读到了谈所要求的颜色那些有趣的段落，其中讲的是眼睛需要变化，从来不愿只老看某一种颜色，经常要求换另一种颜色，甚至活跃到在看不到所要求的颜色时，自己就把它造出来。

由此就谈到一个适用于整个自然界而为整个人生和人生乐趣所凭依的

重大规律。歌德说，"这种情况不仅其他各种感官都有，就连在我们的高级精神生活中也有。由于眼睛是最重要的感官，所以要求变化的规律在颜色中显得特别突出，所以我们都可以清楚地意识到。例如舞蹈，大音阶和小音阶交替变化，就令人感到很愉快，如果老是用大音阶或小音阶，就马上令人厌倦了。"

我说，"一种好的艺术风格看来也是根据这条规律的，在这方面我们也是讨厌听单一的调子。就连在戏剧里这条规律也大可应用，只要用得恰当。剧本，特别是悲剧，如果始终用一个调子，没有变化，总有些令人生厌。演悲剧时如果在上一幕与下一幕之间休息时，乐队还是演奏悲伤阴郁的乐调，就会令人感到简直不能容忍，想尽方法要避开了。"

歌德说，"莎士比亚放到他的悲剧里的一些生动活泼的场面，也许就是依据这条要求变化的规律。但是对希腊人的高级悲剧来说，这条规律似乎并不适用，毋宁说，希腊悲剧总是自始至终都用一个基本的调子。"

我说，"希腊悲剧都不太长，所以始终一律的调子并不能使人厌倦，而且希腊悲剧中合唱队的歌唱和演员的对话总是交替轮换的。此外，希腊悲剧有一种崇高感，不易令人厌倦，因为它总有一种纯真的现实做基础，而这一般是爽朗愉快的。"

歌德说，"你也许说得对，不过这条要求变化的普遍规律在多大程度上适用于希腊悲剧，还是值得研究一下。你可以看出，一切事物都是互相依存的，就连一条颜色规律也可以用来研究希腊悲剧。要当心的只是不能把这样一条规律勉强推得太广，把它看成许多其他事物的基础。比较稳妥的办法也许是只用它作为一种类比或例证。"

接着我们谈到歌德表达他的颜色学的方式，他从一些普遍的总规律中推演出颜色学，遇到个别现象总是把它推演到这些总规律，从而使这种现象可以理解，成为精神的一项大收获。

歌德说，"也许是这样，因此你可以赞扬我。不过这种方法要求研究者专心致志，而且有能力掌握基本原理。有一些很聪明的人钻研过我的颜色学，不过很不幸，他们不能坚持正路，乘我不意就转到邪路上去了，他们不是始终把眼睛盯住客观对象，而是从观念出发。不过一个有头脑的聪明人如果真正寻求真理，总是大有作为的。"

我们谈到，某些教授在发现较好的学说之后还老是在讲解牛顿的学说。歌德说，"这并不足为奇，那批人坚持错误，因为他们依靠错误来维持生活，否则他们要重新从头学起，那就很不方便。"我说，"但是他们的实验怎么能证明真理，既然他们的学说的基础就是错误的？"

歌德说，"他们本来不是在证明真理，他们也没有这种意图，他们唯一的意图是要证明自己的意见。因此，他们把凡是可证明真理、证明他们的学说靠不住的实验结果都隐瞒起来了。

"至于谈到一般学者，他们哪里顾得什么真理？他们像其他人一样，只要能靠经验的方式就一门学问高谈阔论一通，就已心满意足了。全部真相就是如此。人们的性格一般是奇怪的。湖水一旦冻了冰，成百上千的人都跑到平滑的冰面上逍遥行乐，从来不想到要研究一下湖水有多深，冰底下有什么鱼在游泳。尼布尔最近发现一份很古老的、罗马和迦太基订立的商业条约，由此可以证明，罗马史学家李维著作中关于古罗马民族生活情况的全部记载都只是些无稽之谈，因为条约证明罗马在远古时代就已有很高的文化，比李维所描述的高得多。不过你如果认为这份新发现的条约会在罗马史学领域里造成翻天覆地的大变革，你就大错特错了。请经常想到那冻了冰的湖水，我已学会认识人们了，他们正是如此，没有什么别的样子。"

我说，"不过您不会追悔写成了这部颜色学；因为您不仅替这门卓越的科学打下了坚实基础，而且您也替科学处理方法树立了榜样，人们可以用这种方法来处理类似的科目。"

歌德说，"我毫不追悔，尽管我在这门学问上已费了半生的工夫。要不然，我或许可以多写五、六部悲剧，不过如此而已。在我之后会有够多的人来干写剧本的工作。

"不过你说得对，我处理题材的方式是好的，其中有方法条理。我还用这种方法写过一部声学，我的《植物变形学》也是根据同样的观察和推演。

"我研究植物变形，是走自己特有的道路的。我搞这门学问，就像赫舍尔发现他的星宿。赫舍尔太穷，买不起望远镜，不得不自造了一架。但是他的幸运就在此。他自造的望远镜比以往的一切望远镜都好，他就用此作出他的许多重大发现。我走进植物学领域是凭实际经验的。现在我才认识清楚，这门科学在雌雄性别的形成过程上牵涉到的问题太广泛，我没有勇气掌握它了。这就迫使我用自己的方式来钻研这门科学，来寻求适用于一切植物的普遍规律，不管其中彼此之间的差别。这样我就发现了变形规律，植物学的个别部门不在我的研究范围之内，我把这些个别部门留给比我高明的人去研究。我的唯一任务就是把个别现象归纳到普遍规律里。

"我对矿物学也发生过兴趣。这有两点理由，一点是因为它有重大的实际利益，另一点是因为我想在矿物中找出实证来说明原型世界是如何形成的。韦尔纳的学说已使这个问题有解决的希望。自从这位卓越的科学家去世以来，矿物学已闹得天翻地覆，我不想再公开介入这场辩论，在默不作声中保持自己的信念。

"在《颜色学》里，下一步我还要钻研虹的形成。这是一个非常难的课题，不过我希望能解决它。因此我很高兴和你一起重温一下颜色学，你既然对这门科学特别感兴趣，借此可以重新受到启发。"

歌德接着说，"我对各门自然科学都试图研究过，我总是倾向于只注意身旁地理环境中一些可用感官接触的事物，因此我不曾从事天文学。因为在天文学方面单凭感官不够，还必须求助于仪器、计算和力学，这些都要花毕生精力来搞，不是我分内的事。

"如果我在顺便研究过的一些学科中作出了一点成绩，那就要归功于我出生的时代在自然界的重大发明上比任何其他时代都更丰富。在儿童时期我就接触到弗兰克林关于电的学说，他当时刚发现了电的规律。在我这一生中，一直到现在，重大的科学发明一个接着一个出现，所以我不仅在早年就投身到自然界，而且把对自然界的兴趣一直保持到现在。

"就在我们指引的道路上现在也已有人迈出了前进的步子，这是我没有预料到的。我好比一个人迎着晨曦前进，等到红日东升，它的灿烂光辉会使他不由自主地感到惊讶。"

……

1829 年 2 月 13 日（自然永远正确，错误都是人犯的；知解力和理性的区别）

和歌德单独吃了晚饭。他说，"在写完《漫游时代》之后，我要回头研究植物学，和梭勒继续进行翻译。我只怕这项工作牵涉很广，终于要成为一种脱不了身的精神负担。有许多大秘密还没有揭开，对有些其他秘奥我现在只有一种预感。"……

接着他谈到一些自然科学家进行研究，首先是为着要证实自己原有的看法。他说，"布赫新近出版了一部著作，书名本身就包含一种假说，他要讨论的是到处散布着的花岗岩石，这种岩石是怎样来或是从何而来的，我们全不知道。可是布赫先生心里先有一个假说，认为这些岩石是由地心某种力量迸散出来而分布于地面的，他的书名《迸散出花岗岩石》就已点明了这种假说。这就使迸散这个结论下得太快，把天真的读者们扔到错误的罗网里，而他们还不自知。

"一个人要认清这一切，首先要到了相当的年纪才行，其次是要有足够的钱为经验付出代价。我为我的每一个警句就要花去一袋钱。我花去了五十万私财，才换得现在我所有的这一点儿知识。我花去的不只是我父亲的全部财产，还有我的薪俸以及五十多年的大量稿费版税收入。此外和我关系很亲密的公侯贵人们为我所参加的一些大事业也花去了一百五十万，他们的措施及其成功和失败之中都有我的一份。

"要想成为一个通人，单是有点儿才能还不够，更重要的是身居高位，有机会去观摩当代一些国手赛棋，而角逐的输赢也牵涉到他自己。

"如果我没有在自然科学方面的辛勤努力，我就不会学会认识人的本来面目。在自然科学以外的任何一个领域里，一个人都不能像在自然科学里那样仔细观察和思维，那样洞察感觉和知解力的错误以及人物性格的弱点和优点。一切都是多少具有弹性、摇摆不定的，一切都是可以这样或那样处理的，但是自然从来不开玩笑，她总是严肃的、认真的，她总是正确的；而缺点和错误总是属于人的。自然对无能的人是鄙视的；她对有能力的、真实的、纯粹的人才屈服，才泄露她的秘密。

　　"知解力高攀不上自然，人只有把自己提到最高理性的高度，才可以接触到一切物理的和伦理的本原现象所自出的神。神既藏在这种本原现象背后，又借这种本原现象而显现出来。

　　"但是神只在活的事物而不在死的事物中起作用，只存在于发展和变革的事物中，不存在于已成的、凝固的事物中。所以倾向神的理性只管在变化发展中的活的事物，而知解力只管它所利用的、已成的、凝固的事物。

　　"所以矿物学是为实际生活运用知解力的科学，它的对象是一种死的不再生发展的事物，不再有综合的可能了。气象学的对象却是一种活的事物，我们每天都看见它在活动和发展，它是以综合为前提的，只不过参加协作的因素极复杂，人还够不上进行这种综合，不免要在观察和研究中白费一些精力。我们在起航驶向综合这个想象的岛屿，也许这块陆地终于是发现不到的。我并不为此感到奇怪，因为我知道从植物和颜色这类简单事物达到某种综合是多么困难的事。"

1830 年 1 月 27 日（自然科学家须有想象力）

　　……

　　歌德又回到玛提乌斯的话题上，称赞他有想象力。他说，"一个伟大的自然科学家根本不可能没有想象力这种高尚资禀。我指的不是脱离客观存在而想入非非的那种想象力，而是站在地球的现实土壤上、根据真实的已知事物的尺度来衡量未知的、设想的事物的那种想象力。这样才可以证实这种设想是否可能，是否不违反已知规律。这种想象力的先决条件就是要有开阔的冷静的头脑，把活的世界及其规律都巡视遍，而且能够运用它们。"

……

1831 年 2 月 20 日（歌德主张在自然科学领域里排除目的论）

……

接着歌德对我讲到一位青年自然科学家写的一部书，赞赏他写得很清楚，但对他的目的论倾向要加以审查。

他说，"人有一种想法是很自然的，就是把自己看成造物的目的，把其他一切事物都联系到人来看，看成只是为人服务和由人利用的。人把植物界和动物界都据为己有，把人以外的一切物作为自己的适当的营养品。他为这些好处感谢他的上帝对他慈父般的爱护。他从牛取奶，从蜂取蜜，从羊取毛。他既然认为一切物都有供人利用的目的，于是就认为一切物都是为他而创造出来的。他甚至想不到就连一棵小草也不是为他而设的。尽管他现在还没有认识到这种小草对他的功用，他却仍然相信将来有朝一日终会发现它的功用。

"人对一般怎样想，他对特殊也就怎样想，所以不禁把他的习惯看法从生活中移用到科学里去，也对有机物的个别部分追问它的目的和功用。

"这种办法暂时也许行得通，暂时可以用在科学领域里，但是不久就会发现一些现象，从这种窄狭观点很难把它们解释得通；如果不站在一种较高的立场上，不久就会陷入明显的矛盾。

"这些目的论者说，牛有角，是用来保护自己的。但是我要问，羊为什么没有角？就是有，为什么形状蜷曲，长在耳边，使得它对羊毫无用处呢？

"我的看法却不同，我认为牛用角来保护自己，是因为它本来有角。

"一件事物具有什么目的的问题，即为何（**Warum**）的问题，是完全不科学的，提出如何（**Wie**）的问题就可以深入一点。因为我要追问牛是如何长起角时，就不得不研究牛的全身构造，这样同时也会懂得狮子何以不长角而且不能长角。

"再如人的头盖骨还有两个未填满的空洞。如果追问为何有这两个空洞，这问题就无法解决；但是如果追问这两个空洞是如何形成的，这就会使我们懂得，这两个空洞是动物的头盖骨空洞的遗迹，在较低级动物的头盖骨上，这两个空洞还要大些，在人头上也还没有填满，尽管人是最高级的动物。

"功用论者仿佛认为，他们所崇拜的那一位如果不曾使牛生角来保护自己，他们就会失去他们的上帝了。但是我希望还可以崇拜我的上帝，这个上帝在创造这华严世界时显出那样伟大，在创造出千千万万种植物之后，还创造出一种包罗一切植物〔属性〕的植物；在创造出千千万万种动物之后，还创造出一种包罗一切动物〔属性〕的动物，这就是人。

"让人们仍旧崇拜给牛造草料、给人造饮食、任他们尽情享受的那一位吧。至于我呢，我所崇拜的那一位放进世界里的生产力只要在生活中用上百万分之一，就足以使世界上芸芸众生繁衍繁殖，无论是战争和瘟疫，还是水和火，都不能把这一切杀尽灭绝，这就是我的上帝！"

▍名家点评▍

尽管我自己当年也是歌德的对头，可是我不满意门策尔先生批评歌德时的粗暴态度，埋怨他缺乏敬畏之心。我觉得，歌德毕竟一直是我们文坛的君王。

——（德）海涅

作为诗人、作家和思想家，我们能够感受到歌德所表现出来的伟大人格。但同时作为一个曾做过魏玛宫廷的枢密顾问官的贵族文人，我们也能感受到歌德在人生的这一面所体现出来的那种自我矛盾和摇摆不定，注意分辨这种矛盾性是非常必要的。这一点可以首先从他对待政治的态度上看出来。一方面，歌德为德国深重的灾难而忧心，另一方面，他又不能站出来为推翻这一黑暗制度而战斗。

1824 年 2 月 4 日（歌德的政治观点）

……

歌德的富于表情的面孔上展开带有讽刺意味的微笑，停了一会儿，他又说：

"现在再谈政治方面！我说不出我在这方面遭到多少麻烦。你看过我的《受鼓动的人》没有？"

我回答说："为着出你的全集新版本，我昨天才第一次读到。这部剧本没有写完，我深感遗憾。不过就未完成的样子来看，每个思想正常的人都会赞同你的心情。"

歌德接着说，"那是我在法国革命时期写的，在某种程度上可以把它看成当时我的政治信仰的自供。我把伯爵夫人作为贵族代表放在这部剧本里，通过她嘴里说出的话，我表达了贵族是应该怎样想的。那位伯爵夫人刚从巴黎回国，她是法国革命过程的一个亲眼见证者。她从法国革命中吸收了不坏的教训。她深信人民尽管受压迫，但是压不倒的；下层阶级的革命暴动都是上层阶级不公正行为造成的后果。她说，'凡是我认为不公正的行为，我今后决心尽力避免，并且无论在宫廷里还是在社会上，凡是遇到旁人有不公正的行为，我都要照实说出我的意见。遇到不公正的行为，我决不再缄口无言，尽管人家骂我是个民主派。'"

歌德接着说，"我想这种心情是完全值得钦佩的。这当时是、现在还是我自己的心情。作为报酬，人们给我扣上各种各样的帽子，我就不必提了。"

我回答说，"只要读过你的《哀格蒙特》，就可以看出你的思想。我不知道有哪部德国剧本讲人民自由比你这部剧本讲得更多了。"

歌德接着说，"人们有时不愿如实地看我，宁愿避开一切可以显示我的真相的那些光的角度。说句真心话，席勒比我更是一个贵族，但是说话比我远为慎重，却很幸运被人看做人民的一个特别好的朋友。我衷心为他庆幸，我想到我以前许多人的遭遇也不比我好，就聊以自慰了。

"说我不能做法国革命的朋友，这倒是真话，因为它的恐怖行动离我太近，每日每时都引起我的震惊，而它的有益后果当时还看不出来。此外，当时德国人企图人为地把那些在法国出于必要而发生的场面搬到德国来，对此我也不能无动于衷。

"但是我也不是专制统治的朋友。我完全相信，任何一次大革命都不能归咎于人民，而只能归咎于政府。只要政府办事经常公正和保持警惕，及时采取改良措施来预防革命，不要苟且因循，拖延到非受制于下面来的压力不可。这样，革命就决不会发生。

"我既然厌恨革命，人家就把我叫做'现存制度的朋友'。这是一个意义含糊的头衔，请恕我不接受。现存制度如果贤明公正，我就没有什么可反对的。现存制度如果既有很多好处，又有很多坏处，还是不公正、不完善的，一个'现存制度的朋友'就简直无异于'陈旧腐朽制度的朋友'了。

"时代永远在前进，人世间事物每过五十年就要换一个样子。在 1800 年还很完善的制度，到了 1850 年，也许就已变成有毛病的了。

"还有一点，对于一个国家来说，只有植根于本土、出自本国一般需要、而不是猴子式模仿外国的东西，才是好的。对于某一国人民处在某一

时代是有益的营养，对于另一国人民也许就是一种毒药。所以想把不植根
于本土、不适应本国需要的外国革新引进来，这种企图总是愚蠢的；而一
切有这种意图的革命总是不成功的，因为这种革命没有上帝支持，上帝对
这种胡作非为是要制止的。但是一国人民如果确有大改革的实际需要，上
帝就会站在他们一边，这种改革就会成功。上帝显然曾站在基督和他的第
一批门徒一边，因为新的博爱教义当时是人民的需要；上帝也显然曾站在
路德一边，因为清洗被僧侣窜改过的教义也还是一种需要。以上这两种伟
大力量却都不是现存制度的朋友，毋宁说，都生动地渗透着一种信念：陈
旧的酵母必须抛开，不能再让不真实、不公正的邪恶事物这样流行和存在
下去。"

1824 年 2 月 25 日（歌德的政治观点）

……

法国报纸送进来了。法军在昂顾勒姆公爵率领之下对西班牙进行的战
役已告结束，歌德对此很感兴趣。他说，"我应该赞赏波旁王室走了这一步
棋。因为通过这一步棋，他们赢得了军队，从而保住了国王的宝座。这个
目的现在算是达到了。那位战士怀着对国王的忠贞回国了。从他自己的胜
利以及从人数众多的西班牙大军的覆没，他认识到服从一人和服从众人之
间的差别。这支法军保持住了它的光荣传统，表明了从此它本身就够英勇，
没有拿破仑也能征服敌人。"

接着歌德的思路转回到较早期的历史，对三十年战争中的普鲁士军队
谈得很多。在弗里德里希大帝率领之下，那支军队接连不断地打胜仗，因
而娇生惯养起来了，终于由于过度自信，打了许多败仗。当时全部细节对
歌德都如在目前，我对他那样好的记忆力只有钦佩。

他接着说，"我出生的时代对我是个大便利。当时发生了一系列震撼世
界的大事，我活得很长，看到这类大事一直在接二连三地发生。对于七年
战争、美国脱离英国独立、法国革命、整个拿破仑时代、拿破仑的覆灭以
及后来的一些事件，我都是一个活着的见证人。因此我所得到的经验教训

和看法，是凡是现在才出生的人都不可能得到的。他们只能从书本上学习上述那些世界大事，而那些书又是他们无法懂得的。

"今后的岁月将会带来什么，我不能预言，但是我恐怕我们不会很快就看到安宁。这个世界上的人生来就是不知足的：大人物们不能不滥用权力，广大群众不能满足于一种不太宽裕的生活状况而静待逐渐改进。如果能把人的本性变得十全十美，生活状况也就会十全十美了。但是照现在这个样子看，总会是摇来摆去，永无休止；一部分人吃苦而另一部分人享乐；自私和妒忌这两个恶魔总会作怪，党派斗争也不会有止境。

"最合理的办法是每个人都推动他本行的事业，这一行是他生下来就要干而且经过学习的，不要妨碍旁人做他们的分内事。让鞋匠守着他的楦头，农人守着他的犁头。国王要懂得怎样治理国家，这也是一行需要学习的事业，不懂这一行的人就不应该插手。"

歌德接着谈到法国报纸说，"自由派可以发表言论，如果他们的话有理，我们愿意听听。但是保皇派手掌行政大权，发表议论就不相宜，他们应该拿出来的是行动。他们可以动员军队前进，下令执行斩首刑和绞刑，这都是他们的分内事。但是在官方报纸上攻击舆论而为自己所采取的措施进行辩护，就不适合他们的身份。如果听众都是国王，掌行政大权的人们才可以参加议论。"

他接着谈到他自己，"就我自己生平的事业和努力来说，我总是按照保皇派的方式行事。我让旁人去嘀咕，自己却干自己认为有益的事。我巡视了我的领域中的事，认清了我的目标。如果我一个人犯了错误，我还可以把它改正过来；如果我和三个或更多的人一起犯了错误，那就不可能纠正，因为人多意见也就多了。"

1825 年 4 月 27 日（歌德埋怨泽尔特说他不是"人民之友"）

傍晚去看歌德，他先约我坐马车到公园下区一游。他对我说，"在动身之前，我让你先看看我昨天收到的泽尔特的一封信，其中谈到我们剧院的事。信上有这几句话：'我早已看出，要在魏玛为人民建立一座剧院，你并不是一个适当的人。谁把自己变成青色的，羊就会吃掉他。其他那些当酒还在发酵时就想把瓶口塞住的高贵的老爷们也应该想到这一点。朋友们，我们居然活着看到了这种事情！'"

歌德看了我一眼，我们两人都笑起来了。他说，"泽尔特是个很好的人，可是他有时不能完全了解我，对我的话作了错误的解释。我毕生都在献身于人民和人民的教化，为什么就不该为他们建立一座剧院呢？只是在魏玛这个居民很少的地方，有人曾开玩笑说，这里有上万的诗人和寥寥几家住户，这里哪能说得上人民呢？更不消说，哪里能谈到人民的剧院呢？魏玛将来无疑也要变成一个大城市，不过想看到魏玛人民繁荣到足以坐满一个剧院，建立和维持一个剧院，我们还要等几百年才行。"

……

〔游了一趟回来了〕泽尔特的信还摆在桌上。歌德说，"奇怪，真奇怪，一个人的地位在舆论中竟弄到这样是非颠倒！我想不起我曾做过什么得罪人民的事，可是现在竟有人对我下了定论，说我不是人民的朋友。我当然不是革命暴徒的朋友。他们干的是劫掠和杀人放火，在为公众谋福利的幌子下干着最卑鄙的自私勾当。我对这种人不是朋友，正如我不是路易十五的朋友一样。我憎恨一切暴力颠覆，因为得到的好处和毁掉的好处不过相等而已。我憎恨进行暴力颠覆的人，也憎恨招致暴力颠覆的人。但是我因此就不是人民的朋友吗？一切精神正常的人是否不这样看呢？

"你知道我多么高兴看到任何使我们看到未来远景的改良。但是我已说过，任何使用暴力的跃进都在我心里引起反感，因为它不符合自然。

"我对植物是个朋友，我爱好玫瑰，把它看做我们德国自然界所能产生的最完美的花卉，可是我不那么傻，想在这四月底就在我自己的花园里看见玫瑰花。如果我现在能看到初发青的玫瑰嫩叶，看到它一片又一片地在枝上长起来，一周又一周地壮大起来，五月看到花蕾，六月看到繁花怒放，芳香扑鼻，我就心满意足了。谁要不耐烦等待，就请他到暖房里去吧。

"现在还有人说我是君主的一个仆役、一个奴隶。好像这种话有什么意思似的！我所服役的是一个暴君？一个独裁者？是一个吸吮人民的血汗来供他个人享乐的君主？多谢老天爷，这种君主，这样的时代，都已远远落在我们后面了。半个世纪以来，我一直和魏玛大公爵保持着最亲密的关系，在这半个世纪中我和他一起努力工作；但是如果我说得出大公爵有哪一天不在想着要做一点儿事，采取一点儿措施，来为地方谋福利，来改善一些个人的生活情况，那我就是在说谎。就大公爵个人来说，他的君主地位给他带来的只有辛苦和困难，此外还有什么呢？他的住宅、服装和饮食比起一个殷实的居民来要胜过一筹吗？你只要到我们的海滨城市看看，就会看出任何一个殷实商人的厨房和酒窖里的储备都要比大公爵的更好。"

歌德继续说，"今年秋天我们要庆祝大公爵开始执政的五十周年纪念日。不过我如果正确地想一想他这五十年的执政，那还不只是一种经常不断的服役吗？还不只是一种达到伟大目的的服役、一种为他的人民谋福利的服役吗？如果我被迫当一个君主的仆役，我至少有一点儿可以自慰，那就是，我只是替一个自己也是替公共利益当仆役的主子当仆役罢了。"

1827 年 5 月 4 日 （谈贝朗瑞的政治诗）

歌德家举行盛大宴会，招待安培尔和他的朋友斯塔普弗。谈论很活跃、欢畅，谈到多方面的问题。安培尔告诉歌德许多关于梅里美、德·维尼和其他重要文人的事情。关于贝朗瑞也谈得很多，歌德经常想到贝朗瑞的绝妙的诗歌。谈论中提到一个问题：是贝朗瑞的爽朗的爱情诗还是他的政治诗比较好。歌德发表的意见是：一般地说，一种纯粹诗性的题材总比政治性题材为好，正如纯粹永恒的真理总比党派观点为好。

他接着又说，"不过贝朗瑞在他的政治诗歌方面显示了他是法国的恩人。联盟国入侵法国之后，法国人在贝朗瑞那里找到了发泄受压迫情绪的最好的喉舌。贝朗瑞指引他们回忆在拿破仑皇帝统治下所赢得的光辉战绩。对拿破仑的伟大才能，贝朗瑞是爱戴的，不过他不愿拿破仑的独裁统治继续下去。在波旁王朝统治下贝朗瑞似乎感到不自在。那一批人当然是孱弱腐朽的。现在的法国人希望高居皇位的人具有雄才大略，尽管同时也希望自己能参加统治，在政府里有发言权。"

......

1828 年 10 月 23 日（德国应统一，但文化中心要多元化，不应限于国都）

......

接着我们谈到德国的统一以及在什么意义上统一才是可能的和可取的。

歌德说，"我倒不怕德国不能统一，我们的很好的公路和将建筑的铁路对此都会起作用。但是首先德国应统一而彼此友爱，永远应统一以抵御外敌。它应统一，使得德国货币的价值在全国都一律，使得我的旅行箱在全境三十六邦都通行无阻，用不着打开检查，而一张魏玛公民的通行证就像外国人的通行证一样，在德国境内邻邦边界上不被官吏认为不适用。德国境内各邦之间不应再说什么内地和外地。此外，德国在度量衡、买卖和贸易以及许多其他不用提的细节方面也都应统一。

"不过，我们如果设想德国的统一只在于这样一个大国有个唯一的都城，既有利于发展个别人物的伟大才能，又有利于为人民大众谋幸福，那我们就想错了。

"有人曾很恰当地把一国比作一个活人的身体，这样，一国的都城也就可以比作心脏，维持生命和健康的血液从心脏流到全身远近各个器官去，但是如果某个器官离心脏很远，接受到的血液就渐渐微弱起来。有一个聪明的法国人——我想是杜邦——绘制过一幅法国文化情况图，用色调的明暗程度去表示法国各地区文化程度的高低。某些地区，特别是远离都城的南方各省，就用纯黑色来表示普遍的蒙昧状态。但是美丽的法兰西如果不只有一个大中心点，而有十个中心点在输送光和生命，它的情况会怎样呢？

"德国假如不是通过一种光辉的民族文化平均地流灌到全国各地，它如何能伟大呢？但是这种民族文化不是从各邦政府所在地出发而且由各邦政府支持和培育的吗？试设想自从几百年以来，我们在德国只有维也纳和柏林两个都城，甚或只有一个，我倒想知道，在这种情况下德国文化会像什么样，以及与文化携手并进的普及全国的繁荣富足又会像什么样！"

"德国现在有二十余所大学分布在全国，还有一百余所公家图书馆也分布在全国。此外还有数量很大的艺术品收藏和自然界动、植、矿物标本的收藏，因为各邦君主都在留心把这类美好事物搜来摆在自己身边。中等学校和技艺专科学校多得不可胜数，几乎没有哪个德国乡村没有一所学校。在这一点上，法国的情况怎么样！

"再看德国有多少剧院，全国已有七十多座了。剧院作为支持和促进高级民族文化教养的力量，是决不应忽视的。

"还要想一想德累斯顿、慕尼黑、斯图加特、卡泽尔、不伦瑞克、汉诺威之类的城市，想一想这些城市里有多么大量的生活必需品，它们对附近各地起了什么作用，然后再想一想，它们假如不是许久以来就是各邦君主坐镇的处所，能有这种情况吗？

"法兰克福、不来梅、汉堡和卢卑克都是伟大光辉的城市，它们对德国繁荣所起的作用是无法估计的。但是它们要是丧失了各自的主权，作为直辖区城市而并入一个大德国，它们还能像过去一样吗？我有理由对这一点表示怀疑。"

1829 年 4 月 2 日（战士才有能力掌握最高政权：评贝朗瑞入狱）

今天吃晚饭时歌德对我说："我向你泄露一个政治秘密，这迟早总会公布的。卡波·第斯特里亚掌握希腊国家大权不会很久了，因为他缺少居这样高位所不可缺少的一种品质：他不是一个战士。从来没有先例能证明一个普通内阁阁员有能力去组织一个革命政权，控制军队和军事领袖们。手里握住刀，统率一支大军，一个人才能发号施令，制定法律，有把握使人们服从他。没有这样的条件，掌大权就会危险。拿破仑如果不是个战士，就不会升到最高权力；卡波·第斯特里亚不会久居高位，他很快要变成第二号人物了。我事先告诉你，你将来会亲眼看到。这是事物的自然道理，非如此不可。"

　　……

话题转到对贝朗瑞的监禁。歌德说："他是罪有应得。他近来的诗确实违反纪律和秩序，他反对国王、国家政权和公民治安感。他早年的诗却不是这样，都是愉快的、无害的，完全能使一群人欢喜热闹起来。这就是对短歌所能做的最好的赞扬了。"

……

1829 年 9 月 1 日（英国人在贩卖黑奴问题上言行不一致）

……

"德国人在劳心焦思以求解决哲学问题时，英国人却本着他们的实践方面的理解力在讥笑我们，自己则先把这个世界拿到手再说。每个人都知道英国人反对奴隶买卖的宣言。他们向我们说教，说他们反对奴隶买卖是根据人道主义原则，可是现在人们已发现他们真正的动机是追求一种现实目标。英国人采取某种行动时不会没有某种现实目标，这是众所周知的，我们事前最好懂得这一点。英国人自己在他们的非洲西岸广大领地里就在利用黑奴。如果把黑奴运到别处去卖，他们自己的利益就会受到损害。他们在美洲也建立了一些大面积的黑人区殖民地，都很有生产价值，每年从黑人方面捞得大量利益，他们用这些黑人供应北美的需要。他们既这样进行这种利润很大的买卖，从别处贩运黑人进来就会违反他们的商业利益，所以他们是从实际利益出发来宣扬非洲黑奴买卖不人道的。就连在维也纳会议上英国使节还振振有词地宣扬这一套，可是葡萄牙使节够聪明，丝毫不动声色地回答说，他不知道大家来开会究竟为什么，是来对世界进行一般的法律裁判呢，还是决定采取哪些道德原则？他很明白英国的目的，他也有自己的目的，他懂得怎样来辩护，怎样达到自己的目的。"

1830 年 2 月 3 日（歌德讥诮边沁老年时还变成过激派，说他自己属改良派）

……

因为提到杜蒙，话题就转到他和边沁的关系，歌德发表了如下的意见：

"像杜蒙那样一个讲理性、重实际的温和人，居然成了边沁那个疯子的门徒和忠诚的宣扬者，我觉得这倒是一个有趣的问题。"

我回答说："在一定程度上边沁应该被看做一个具有双重性格的人物。我把作为天才的边沁和作为热情人的边沁区别开来。作为天才，他创立了杜蒙加以宣扬和发挥的那些原则；作为热情人，他过分倾心于功利，竟越出了自己学说的界限，所以在政治上和宗教上都变成了过激派。"

歌德说："不过这对我又是一个新问题：一个长寿的白发老人怎么会变成过激派呢？"

我设法解决这个矛盾说："边沁既深信他的学说和立法观点高明，又明知不彻底变革现行制度就不可能在英国实行自己的主张，于是愈被激情冲昏了头脑。还有一点，他和外在世界接触太少，看不出暴力推翻的办法的危险。"

接着我又说："杜蒙却不然，他的清晰理智胜过热情，从来不赞成边沁的过激言论，所以不致犯同样错误。此外，杜蒙自己的祖国，日内瓦，由于当时的政治形势，可以把它看成一个新兴的国家，杜蒙要在那里实施边沁的原则，条件比较便利，所以一切都十分顺利，成效卓著就证明了边沁学说的价值。"

歌德回答说："杜蒙确实是个温和的自由派，一切讲理性的人都应该是温和的自由派，我自己就是一个温和的自由派。在我的漫长的一生中，我都按照这个精神行事。

"真正的自由派要用所能掌握的手段，尽其所能努力去做好事。但是他要小心避免用火和剑去消灭不可避免的罪恶和缺点，而只采取谨慎的步骤，尽力逐渐排除彰明较著的缺点，但不用暴力措施，免得同时把同样多的优点也消灭掉。在这个本来不是十全十美的世界里，我们只能满足于还好的东西，等到有了有利的时机和条件，再去争取更好的东西。"

1830 年 3 月 14 日（文学革命的利弊：就贝朗瑞谈政治诗，并为自己在普法战争中不写政治诗辩护）

……

话题又回到法国文学和最近一些颇为重要的作家的超浪漫主义倾向。歌德认为这种正在萌芽的文学革命对文学本身是很有利的，而对掀起这种革命的个别作家们却是不利的。他说，"任何一种革命都不免要走极端。一场政治革命在开始时一般只希望消除一切弊端，但是没有等到人们察觉到，人们就已陷入流血恐怖中了。就拿目前法国这场文学革命来说，起先要求的也不过是较自由的形式。可是它并不停留于此，它还要把传统的内容跟传统的形式一起抛弃掉。现在人们已开始宣扬凡是写高尚情操和煊赫事迹的作品都令人厌倦，于是试图描写形形色色的奸盗邪淫。他们抛弃了希腊神话中那种美好内容，而写起魔鬼、巫婆和吸血鬼来，要古代高大英雄们让位给一些魔术家和囚犯，说这才够味，这才产生好效果！但是等到观众尝惯了这种浓烈作料的味道，就嫌这还不够味，永远要求更加强烈的味道，没有止境了。一个有才能的青年作家想收到效果，博得公众承认，而又不够伟大，不能走自己的道路，就只得迎合当时流行的文艺趣味，而且还要努力在描写恐怖情节方面胜过前人。在这种追求表面效果的竞赛中，一切深入研究、一切循序渐进的才能发展和内心修养，都抛到九霄云外去了。对一个有才能的作家来说，这是最大的祸害，尽管对一般文学来说，它会从这种暂时倾向中获得益处。"

我问，"这种毁坏个别有才能的作家的企图怎么能有利于一般文学呢？"

歌德说，"我所指出的那些极端情况和赘疣会逐渐消失掉，最后却有一个很大的优点保存下来，那就是，在获得较自由的形式之外，还会获得比从前丰富多彩的内容，人们不会再把这广阔世界中任何题材以及多方面的生活看作不能入诗而加以排斥。我把目前这个文学时代比作一场发高烧的病症，本身虽不好，不值得希求，但它会导致增进健康的好结果。目前构成诗作全部内容的那些疯癫材料，到将来只会作为一种便于利用的因素而纳入内容里。还不仅此，目前暂时抛开的真正纯洁高尚的东西，到将来还会被观众更热烈地追求。"

我插嘴说，"我觉得很奇怪，就连您所喜爱的法国诗人梅里美在他的《弦琴集》里也用了令人恐怖的题材，走上超浪漫主义的道路。"

歌德回答说，"梅里美处理这类题材的方式却和他的同辈诗人所用的完全不同。你提到的那些诗里固然用了不少可怕的题材，例如坟场、深夜里的巷道、鬼魂和吸血鬼之类，不过这类可怕的题材并不触及诗人的内心生活，他是用一种远距离的客观立场和讽刺态度来处理它们的。他是以艺术家的身份进行工作的。他觉得偶尔试一试这种玩意儿也很有趣。我已说过，他完全抛开了私人的内心生活，甚至也抛开了法国人的身份，使人们在初读《弦琴集》时竟以为那些诗歌真是伊利里地方的民歌。他不费大力，故弄玄虚，就获得了成功。"

歌德接着说，"梅里美确实是个人物！一般说来，对题材作客观处理，需要比人们所想象到的更大的魄力和才能。拜伦就是一个例子。他尽管个性很强，有时却有把自己完全抛开的魄力，例如在他的一些剧本里，特别是在《玛利诺·法列罗》里。人们读这部剧本，毫不觉得它是拜伦甚至是一个英国人写的，仿佛置身于威尼斯和情节发生的时代。剧中人物完全按照各自的性格和所处情境，说出自己的话，丝毫不流露诗人的主观思想情感。作诗的正确方法本来就应该如此，但是这番话对于做得太过分的法国青年浪漫派作家们却不适用。我所读到的他们的作品，无论是诗、小说，还是戏剧，都带着作者个人的色彩，使我忘记不了作者是巴黎人，是法国人。就连在处理外国题材时，他们还是使读者感到自己置身于巴黎和法国，完全困在目前局面下的一切愿望、希求、冲突和酝酿里。"

我试探地问了一句："贝朗瑞是不是也只表达出伟大的法国首都的局面和他自己的内心生活？"

歌德回答说，"在这方面贝朗瑞也是个人物，他的描绘和他的内心生活都是有价值的。在他身上可以看出一个重要性格的内容意蕴。他是一个资禀顶好的人，坚定地依靠自己，全靠自己发展自己，自己和自己总是谐和的。他从来不问'什么才合时宜？什么才产生效果？怎样才会讨人喜欢？别人在干什么？'之类的问题，然后相机行事。他总是按照本性独行其是，不操心去揣摩群众期待什么，或这派那派期待什么。在某些危机时期，他固然也倾听人民的心情、愿望和需要，不过这样做只是坚定了他依靠自己的信心，因为他的内心活动和人民的内心活动总是一致的。他从来不说违心的话。

"我一般不爱好所谓政治诗，这是你知道的。不过贝朗瑞的政治诗我却很欣赏。他那里没有什么空中楼阁，没有纯粹出自虚构或想象的旨趣，他从来不无的放矢，他的主题总是十分明确而且有重要意义的。他对拿破仑的爱戴推尊以及对其丰功伟绩的追念，对当时受压迫的法国人民来说是一种安慰。此外，他还痛恨僧侣统治，怕耶稣会那派教徒重新得势，有把法国推回到黑暗时代的危险。我们对这类主题不能不感到衷心同情。而且他每次的处理方式多么高明老练！看他是怎样先在心里把题材想妥帖，然后才把它表达出来！一切都已酝酿成熟了，等到写作，哪一步不表现出高妙的才华、讽刺和讥笑，而又一往情深、天真雅致啊！他的诗歌每年都要给几百万人带来欢乐。就连对工人阶级来说，他的诗歌也是唱起来非常顺口的，而同时又超出寻常的水平。这就使人民大众经常接触到这种爽朗欢畅的精神，自己耳濡目染，在思想方面也势必比以前更美好、更高尚了。这还不够吗？对一个诗人，还能有比这更好的颂扬吗？"

我回答说，"贝朗瑞是个卓越的诗人，这是毫无疑问的。我多年来一直爱好他的诗，这您也是知道的。不过如果要问我比较喜爱他的哪一类诗，我就应回答说，我喜爱他的情诗胜过喜爱他的政治诗，因为我对他的政治诗所涉及的和暗指的事情总是不大清楚。"

歌德说，"那是你的情况，那些政治诗并不是为你写的。你该问问法国人，他们会告诉你那些政治诗究竟好在哪里。一般说来，在最好的情况下，政治诗应该看做一国人民的喉舌，而在多数情况下，它只是某一党派的喉舌。如果写得好，那一国人民或那个党派就会热情地接受它们。此外，政治诗只应看做当时某种社会情况的产物，这种社会情况随时消逝，政治诗在题材方面的价值也就随之消逝。至于贝朗瑞，他却占了一种便宜。巴黎就是法国。他的伟大祖国的一切重要的旨趣都集中在首都，都在首都获得生命和反响。他的大部分政治诗不应只看做某一党派的喉舌，他所反对的那些东西大半都有普遍的全国性的意义，所以他这位诗人是作为发出民族声音的喉舌而被倾听的。在我们德国这里，这一点却办不到。我们没有一个都城，甚至没有一块国土，可以让我们明确地说：这就是德国！如果我在维也纳问这是哪一国，回答是：这是奥地利！如果在柏林提这个问题，回答是：这是普鲁士！仅仅十六年前，我们正想摆脱法国人，当时到处都是德国。当时如果有一位政治诗人，他就会起普遍的影响。可是当时并不需要他的影响。普遍的穷困和普遍的耻辱感，像精灵鬼怪一样把全国都抓在手掌中。诗人所能点燃的精神烈火到处都在自发地燃烧。不过我也不否认阿恩特、克尔纳尔和里克尔特当时发生过一点儿影响。"

我无心中向歌德说，"人们都责怪您，说您当时没有拿起武器，至少是没有以诗人的身份去参加斗争。"

歌德回答说，"我的好朋友，我们不谈这一点吧！这个世界很荒谬，它不知道自己需要的是什么，也不知道在哪些事上应让人自便，不必过问。我心里没有仇恨，怎么能拿起武器？我当时已不是青年，心里怎么能燃起仇恨？如果我在二十岁时碰上那次事件，我决不居人后，可是当时我已年过六十啦。

"此外，我们为祖国服务也不能都采用同一方式，每个人应该按照资禀，各尽所能。我辛苦了半个世纪，也够累了。我敢说，自然分配给我的那份工作，我都夜以继日地在干，从来不肯休息或懈怠，总是努力做研究，尽可能多做而且做好。如果每个人都可以对自己这样说，一切事情也就会很好了。"

我用安慰的口吻回答说，"听到那种责怪，您根本不必生气，而且应该引以为荣。旁人责怪您，也不过表明对您重视，看到您为祖国文化所做的事比任何人都多，于是就希望什么事最后都要归您做了。"

歌德回答说，"我不愿把自己想到的话说出来。那些责怪我的话里所含的恶意，比你所能想象到的要多。我觉得这是使人们多年来迫害我和中伤我的那种旧仇恨的新形式。我知道得很清楚，我是许多人的眼中钉，他们很想把我拔掉。他们无法剥夺我的才能，于是就想把我的人格抹黑，时而说我骄傲，时而说我自私，时而说我妒忌有才能的青年作家，时而说我不信基督教，现在又说我不爱祖国和同胞。你认识我已多年了，总该认识到这些话有多大价值。不过如果你想了解我这方面所受的痛苦，请读一读我的《讽刺诗集》，你就会从我的回击中看出人们时常在设法使我伤心。"

"一个德国作家就是一个德国殉道者啊！就是这样，我的好朋友，你不会发现情况不是这样。我也不能替自己埋怨，旁的作家们的遭遇也并不比我好，有些人还比我更糟。在英国和法国，情况也和我们德国一样。莫里哀什么冤屈没有受过，卢梭和伏尔泰什么冤屈没有受过！拜伦叫流言蜚语中伤，被赶出英国，要不是早死使他摆脱了庸俗市侩们及其仇恨，他还会逃到天涯海角去哩。

"如果只有心地狭窄的群众才迫害高尚的人物，那还算好！可是事实不然，有才能的文人往往互相倾轧。例如普拉顿和海涅就互相毁谤，互相设法把对方弄成可恨的坏人，而实际上，这个广阔的世界有足够的地方让自己生活也让旁人生活，大家大可和平相处，而且每个人在自己才能范围里都有一个够使他感到麻烦的敌人。

"仿佛我的任务就是坐在书房里写战歌！如果住在营房里终夜听到敌哨阵地的战马嘶鸣，写战歌倒还凑合。不过这并不是我的生活和任务，这是克尔纳尔的生活和任务。他有完全适合写战歌的条件。至于我，生性并不好战，也没有战斗的情感，战歌就会成为和我这副面孔不相称的假面具。

"我写诗向来不弄虚作假。凡是我没有经历过的东西，没有迫使我非写诗不可的东西，我从来就不用写诗来表达它。我也只在恋爱中才写情诗。本来没有仇恨，怎么能写表达仇恨的诗歌呢？还可以向你说句知心话，我并不仇恨法国人，尽管在德国摆脱了法国人统治时，我向上帝表示过衷心的感谢。对我来说，只有文明和野蛮之分才重要，法国人在世界上是最有文化教养的，我自己的文化教养大半要归功于法国人，对这样一个民族我怎么恨得起来呢？"

歌德接着说，"一般说来，民族仇恨有些奇怪。你会发现在文化水平最低的地方，民族仇恨最强烈。但是也有一种文化水平，其中民族仇恨会消失，人民在某种程度上站在超民族的地位，把邻国人民的哀乐看成自己的哀乐。这种文化水平正适合我的性格。我在六十岁之前，就早已坚定地站在这种文化水平上面了。"

1830 年 3 月 17 日（再次反对边沁过激，主张改良）

……

这时仆人把里默尔引进来了。我准备告辞，因为我知道今晚歌德要和里默尔在一起工作。歌德叫我留下，我欣然听命，因此听到了歌德的一次纵情畅谈，其中充满着讽刺和梅菲斯特式的幽默。

歌德开头说，"索莫林就这样死啦，还不到区区七十五岁哩。多么傻，就没有勇气多活几年！在这一点上，我佩服我的朋友边沁那个过激派疯子。他保养得好，比我还大几个星期哩。"

我插嘴说，"还可以补充一点，边沁还有一点可以和您媲美，他现在做工作还和青年人一样起劲儿。"

歌德说，"那倒是，可是我和边沁处在一条链子上的相反的两极端：他要把房子推翻，我宁愿把它撑起。在他那样高龄还要当过激派，真是疯狂透顶。"

我反驳说，"我认为有两种过激主义，应该区分开。一种过激主义为着建设未来，首先要扫清场地，把一切都推翻打烂；另一种过激主义却满足于指出现行制度的缺点和错误，希望不用暴力就可以获得所向往的好处。假如您生在英国，您不会反对这第二种过激主义。"

歌德于是摆出他的梅菲斯特式的面孔和声调问我，"你拿我当什么人？我在英国就会利用那些弊端过活，你以为我会去搜查和揭露那些弊端吗？假如我生在英国，我会成为拥有巨资的公爵，或者还更好一点儿，成为领三万镑年俸的主教。"

我说，"那倒顶美。不过您抽到的如果不是头彩，而是一张空白票，怎么办？空白票是数不尽的。"

歌德回答说，"我的老好人呀，不是每个人都生下来就有资格中头彩。你认为我那样傻，只能抽到空白票吗？我会拥护三十九条，特别是那第九条，我对它会特别重视，特别虔诚地遵守，从各方面随时随地宣扬这三十九条。我会扮演伪君子，无论是在诗里还是在散文里，都尽力去撒谎欺骗，免得使三万镑年俸脱了手。我一旦爬上这样的高位，就会不顾一切，把它保持住。我特别要想尽方法，使蒙昧无知产生的黑暗变得更加黑暗。哼，我会哄骗头脑简单的群众，训练可爱的青少年学生，使他们察觉不到我是靠最丑恶的欺骗爬上高位的，纵使察觉到，也不敢说出来。"

我说，"就您来说，我们想到您是凭才能而得到崇高地位，这至少是可以欣慰的。但是在英国，正是最昏庸无能的人才享受到最高的尘世荣华富贵。他们不是凭自己的才能，而是凭恩宠，碰运气，特别是凭家庭出身。"

歌德说，"一个人获得尘世荣华富贵，无论是凭自己的才能，还是凭继承权，事实上都是一样。享有这种权利的头一代人一般都还是有才能的人，有足够的本领去利用旁人的愚昧和弱点来使自己占便宜。这个世界里充满着头脑糊涂的人和疯人，用不着到疯人院去找。这令我想起一件事：已故的大公爵，知道我讨厌疯人院，有一次想把我突然带到疯人院里去看一看。但是我及时地察觉到他的意图，就告诉他说，'我没有感到有必要去看关起来的疯人，在世间自由行走的疯人我已经看够了。'我说，'我宁愿跟殿下下地狱，也不愿进疯人院。'"

"哼！要是我能用我自己的方式来处理一下那三十九条，让头脑单纯的群众大吃一惊，我会感到多么开心哟！"

我说，"纵使您不当主教，还是可以开这个玩笑。"

歌德回答说，"不然，那我要一声不响。要我欺骗，就要给我很高的报酬，如果没有希望当拿三万镑年俸的主教，要我去欺骗，我就不干。"

……

1830 年 8 月 2 日 （歌德对法国七月革命很冷淡，而更关心一次科学辩论）

已掀起的七月革命的消息今天传到魏玛，人们都为之轰动。午后我去看歌德，一进门他就大声问我，"你对这次伟大事件是怎么想的？火山终于爆发啦，一切都在燃烧，从此再不会有关着门谈判的情况啦！"

我回答说，"这是个可怕的事件！不过尽人皆知的情况既是那样糟，而法国政府又那样腐败，除了王室终于被赶掉以外，我们还能指望什么呢？"

歌德说，"我的好朋友，你和我说的像是牛头不对马嘴呀，我说的不是那伙人而是完全另一回事。我说的是，乔弗列与顾维页之间对科学极为重要的争论在法国科学院已公开化啦。"

歌德的话是我完全没有预料到的，我不知说什么好，踌躇了几秒钟。

……

1830 年 10 月 20 日（歌德同圣西门相反，主张社会集体幸福应该以个人幸福为前提）

……

歌德问我对圣西门一派人的意见如何。我回答说，"他们学说的要点像是主张个人应为社会整体的幸福而工作，并且认为社会整体的幸福是个人幸福的不可缺少的条件。"

歌德说，"我却认为每个人应该先从他自己开始，先获得他自己的幸福，这就会导致社会整体的幸福。我看圣西门派的学说是不实际的、行不通的。因为它违反了自然，也违反了一切经验和数千年来的整个历史进程。如果每个人只作为个人而尽他的职责，在他本人那一行业里表现得既正直而又能干，社会整体的幸福当然就随之而来了。作为一个作家，我在自己的这一行业里从来不追问群众需要什么，不追问我怎样写作才对社会整体有利。我一向先努力增进自己的见识和能力，提高自己的人格，然后把我认为是善的和真的东西表达出来。我当然不否认，这样工作会在广大人群中发生作用，产生有益的影响，不过我不把这看做做的，它是必然的结果，本来一切自然力量的运用都会产生结果。作为作家，我如果把广大人群的愿望当做我的目的，尽量满足他们的愿望，那么，我就得像已故的剧作家考茨布那样，向他们讲故事，开玩笑，让他们取乐了。"

我说，"您这番话是无可反驳的。不过，有我作为个人的幸福，也有我作为公民和广大社会中一成员的幸福，这二者究竟不同。如果不把达到全民族的最大幸福定为原则，凭什么基础来制定法律呢？"

歌德说，"如果你要说的就是这一点，我当然没有什么可反对的。不过在这种情况下，也只有极少数优选人物才能应用你那条原则。那只是为君主和立法者们开的方剂。不过就连对于他们来说，我也认为法律的用意毋宁是减少弊病的总和，而不是增加幸福的总和。"

我反驳说，"这两件事大致上毕竟是一回事。举例来说，道路坏，我看就是一个大弊病。如果当权的人把全国通到穷乡僻壤的道路都修得平坦整洁，他就不仅消除了一个大弊病，而且同时也给人民带来了一项大幸福。再如司法程序的拖沓也是一个大弊病，如果掌权的人制定出一套司法程序，公布之后又加口头宣传，保证一切案件得到迅速处理，他就不仅消除了一个大弊病，而且也带来一项大幸福。"

歌德打断我的话说，"按你唱的这个调门，我可以唱出另一些歌来。不过我们最好把还没有指出的一些弊病留下，让人类还有机会去施展他们的能力吧。我的基本教义暂时归结为这几句话：做父亲的要照管好他的家，做手艺的要照管好他的顾客，僧侣们要照管好人们互相友爱，警察们不要扰乱我们的安乐。"

1831 年 3 月 21 日（法国青年政治运动：法国文学发展与伏尔泰的影响）

我们谈到政治问题、还在发展的巴黎骚动以及青年要参与国家大事的幻想。

我说，"前几年英国大学生也向当局请愿，要求有机会能在对天主教这样重大问题作出决策时起作用。可是人们只报以讥笑，就不再理睬了。"

歌德说，"拿破仑的榜样，特别使那批在他统治时期成长起来的法国青年养成了唯我主义。他们不会安定下来，除非等到他们中间又出现一个伟大的专制君主，使他们自己所向往做到的那种人做到登峰造极的地步。不幸的是，像拿破仑那样的人是不会很快出世的。我有点担心，大概还要牺牲几十万人，然后世界才有太平的希望。

"在若干年之内还谈不上文学的作用。人们现在丝毫不能有所作为，只有悄悄地为较平静的未来预备一些好作品。"

……

1831 年 5 月 2 日（歌德反对文艺为党派服务，赞扬贝朗瑞的"独立"品格）

歌德告诉我，他最近快要把《浮士德》下卷第五幕中尚待补写的部分写完了，我听到很高兴。

他说，"补写的这几场的意思在我心中已酝酿三十多年之久了，因为意义很重要，我对它们一直没有失掉兴趣；但是写起来又很难，所以我一直怕动笔。近来通过各种办法，我又动起笔来了，如果运气好，我接着就要把第四幕写完。"

接着歌德提到某个有名的作家说，"他这位有才能的作家利用党派仇恨作为同盟力量，假如不靠党派仇恨，他就不会起什么作用。在文学里我们常看到这样的例子，仇恨代替了才能，平凡的才能因为成了党派的喉舌，也就显得很重要。在实际生活里，情况也是这样，我们看到大批人没有足够的独立品格，就投靠到某一党派，因此自己腰杆就硬些，而且出了风头。

"贝朗瑞可不是这样。他这位有才能的作家凭自己的本领就够了，所以他从来不替哪个党派服务。他从自己内心生活就感到充分的满足，不需要世人给他什么或是让世人从他那里取走什么。"

1832 年 3 月 11 日以后（歌德谈近代以政治代替了希腊人的命运观；他竭力反对诗人过问政治）

我们谈到希腊人的悲剧命运观。

歌德说，"这类观点已陈旧过时，不符合我们今天的思想方式，和我们的宗教观念也是互相矛盾的。近代诗人如果把这种旧观念用在剧本里，那就显得装腔作势了。那就像古罗马人的宽袍那样久已不时髦的服装，不能吻称我们的身材了。

"我们现在最好赞成拿破仑的话：'政治就是命运'，但是不应赞同最近某些文人所说的政治就是诗，认为政治是诗人的恰当题材。英国诗人汤姆逊用一年四季为题写过一篇好诗，但是他写的《自由》却是一篇坏诗，这并不是因为诗人没有诗才，而是因为这个题目没有诗意。

"一个诗人如果想要搞政治活动，他就必须加入一个政党；一旦加入政党，他就失其为诗人了，就必须同他的自由精神和公正见解告别，把褊狭和盲目仇恨这顶帽子拉下来蒙住耳朵了。

"作为一个人和一个公民，诗人会爱他的祖国；但他在其中发挥诗的才能和效用的祖国，却是不限于某个特殊地区或国度的那种善、高尚和美。无论在哪里遇到这种品质，他都要把它们先掌握住，然后描绘出来。他像一只凌空巡视全境的老鹰，见野兔就抓，不管野兔奔跑的地方是普鲁士还是萨克森。

"还有一点，什么叫做爱国，什么才是爱国行动呢？一个诗人只要能毕生和有害的偏见进行斗争，排斥狭隘观点，启发人民的心智，使他们有纯洁的鉴赏力和高尚的思想情感，此外他还能做出什么更好的事吗？还有比这更好的爱国行动吗？向一位诗人提出这样白费力的不恰当的要求，正像要求一个军团的统帅为着真正爱国，就要放弃他的专门职责，去卷入政治纠纷。一个统帅的祖国就是他所统率的那个军团。他只要管直接与他那个军团有关的政治，此外一切都不管，专心致志地去领导他那个军团，训练士兵养成良好的秩序和纪律，以便在祖国处于危险时成为英勇的战士，那么，他就是一个卓越的爱国者了。

"我把一切马虎敷衍的作风，特别是政治方面的，当做罪孽来痛恨，因为政治方面的马虎敷衍会造成千百万人的灾难。

"你知道我从来不大关心旁人写了什么关于我的话，不过有些话毕竟传到我耳里来，使我清楚地认识到，尽管我辛辛苦苦地工作了一生，某些人还是把我的全部劳动成果看得一文不值，就因为我不屑和政党纠缠在一起。如果我要讨好这批人，我就得参加一个雅各宾俱乐部，宣传屠杀和流血。且不谈这个讨厌的问题吧，免得在对无理性的东西作斗争中我自己也变成无理性的。"

歌德以同样的口气指责旁人大加赞赏的乌兰德的政治倾向。他说，"请你注意看，作为政治家的乌兰德终会把作为诗人的乌兰德吞噬掉。当议会议员，整天在争吵和激动中过活，这对诗人的温柔性格是不相宜的。他的歌声将会停止，而这是很可惜的。施瓦本那个地区有足够的受过良好教育、心肠好、又能干又会说话的人去当议员，但是那里高明的诗人只有乌兰德一个。"

▌名家点评▌

歌德给自然照了镜子，或者说得更确切些，他本身就是自然的镜子。

——（法）斯太尔夫人

歌德以其文学作品创作的巨大成就为世人所瞩目与敬仰。一部《浮士德》乃是当时西方文化的人类智慧的硕果和巅峰之作，为世人所百读不厌。本章内容主要涉及"谈话录"中有关歌德晚年与爱克曼谈论自己的自传及创作手稿的内容。

1824 年 1 月 27 日（自传续谈起）

歌德对我谈起他的自传续编，他现在正忙着做这项工作。他提到，他叙述这部分晚年时期不能像在《诗与真》里谈少年时期那样详细。他说，"对于这晚年时期，我要做的是一种年表：其中出现的与其说是我的生活，毋宁说是我的活动。一般说来，一个人最有意义的时期是他的发展时期，而对于我来说，这个时期已随着那几卷详细记述的《诗与真》的完成而结束了。此后我和世界的冲突就开始了，这种冲突只有在所产生的结果方面才能引起兴趣。

"还有一层，一个德国学者的生平算得什么呢？就我的情况来说，生平有些或许算是好的东西是不可言传的，而可以言传的东西又不值得费力去传。此外，哪里有听众可以让我怀着乐趣向他们来叙述自己的生平呢？

"当我现在回顾我的早年和中年时，我已到了老年，想起当年和我一样年轻的人们之中没有剩下几个了，我总联想到一个靠近游泳场的避暑旅馆。初住进这种旅馆，你很快就结识一些人，和他们成了朋友，这些人已早来了一些时候，再过几个星期就要回去了。别离的心情是沉重的。接着你又碰上第二代人，你和他们在一起生活过一些时候，彼此很亲密。可是这批人也离开了，留下你孤单单一个人和第三代人同住。他们刚来你却正要离开，和他们打不上什么交道。

"人们通常把我看成一个最幸运的人，我自己也没有什么可抱怨的，对我这一生所经历的途程也并不挑剔。我这一生基本上只是辛苦工作。我可以说，我活了七十五岁，没有哪一个月过的是真正的舒服生活。就好像推一块石头上山，石头不停地滚下来又推上去。我的年表将是这番话很清楚的说明。要我积极活动的要求内外交加，真是太多了。

"我的真正的幸运在于我对诗的欣赏和创作，但是在这方面，我的外界地位给了我几多干扰、限制和妨碍！假如我能多避开一些社会活动和公共事务，多过一点儿幽静生活，我会更幸福些，作为诗人，我的成就也会大得多。但是在发表《葛兹》和《维特》之后不久，从前一位哲人的一句话就在我身上应验了：'如果你做点什么事来讨好世人，世人就会成心不让你做第二次。'

"四海驰名，高官厚禄，这些本来是好遭遇。但是我尽管有了名誉和地位，我还是怕得罪人，对旁人的议论不得不保持缄默。这样办，我倒占了便宜，使我知道旁人怎样想而旁人却不知道我怎样想；否则，那就是开不高明的玩笑了。"

1829 年 12 月 6 日（《浮士德》下卷第二幕第一景）

今天饭后，歌德向我朗诵了《浮士德》（下卷）第二幕第一景，给我的印象很深刻，在我的内心里产生了高度的幸福感。我们又回到浮士德的书斋，梅菲斯特发现室中一切陈设还和从前他离开这里时一样。他从挂钩上取下浮士德的旧工作服，成千的蛾子和虫子飞出来，按照梅菲斯特指定的地方藏了起来，于是这间房子看来就很明亮了。他穿上那件工作服，想趁浮士德瘫痪在帘幕后面时再扮演一次书斋主人的角色。他拉了一下门铃，铃子在这座凄凉的古寺院里发出可怕的声响，门开了，墙壁也震荡起来。仆人跑进来，看见梅菲斯特坐在浮士德的座位上，他不认得梅菲斯特，却对他表示尊敬。在答问中，他报告了瓦格纳的消息，说瓦格纳现在成了名人，正在盼望着老师回来，据说瓦格纳此刻正在实验室忙着制造一个人造人。仆人退出，学士就进来了。他还是多年前我们见过的、被穿着浮士德工作服的梅菲斯特开玩笑的那位羞怯的青年学生。这些年来他已长成壮年人，很自命不凡，连梅菲斯特也拿他没有办法，只好把座位逐渐往前移，转向乐队池。

歌德把这一景朗诵到末尾，我看到其中还显出青年人的创造力，通体融贯紧凑，不胜欣羡。歌德说，"这里的构思很早，五十年来我一直在心里想着这部作品。材料积累得很多，现在的困难工作在于剪裁。这第二卷的意匠经营已很久了，像我已经说过的。我把它留到现在，对世间事物认识得比过去清楚，才提笔把它写下来，结果也许会好些。我在这一点上就像一个人在年轻时积蓄了许多银币和铜币，年岁愈大，这些钱币的价值也愈提高，到最后，他青年时代的财产在他面前块块都变成纯金了。"

我们谈到瓦格纳学士的性格，我问，"他是不是代表洪理念的那一派的某个哲学家呢？"歌德说，"不是，他所体现的是某些青年人所特有的那种高傲自大，在我们德国解放战争后头几年里就有些突出的例子。实际上每个人在青年时代都认为自从有了他，世界才开始，一切都是专为他而存在的。在东方确实有过这样一个人，他每天早晨都把他的手下人召集到自己身旁，在他吩咐太阳出来以前，不许他们去工作。不过他还是够机警的，不到太阳快要自动地升起那一刻，他决不下叫太阳出来的命令。"

关于《浮士德》及其写作和有关问题，我们还谈了很多。歌德歇了一会儿，沉浸在默默回忆中，然后接着说，"人到老年，对世间事物的想法就和青年时代不同。我不禁想起，有些精灵在戏弄人类，间或把几个特殊人物摆在人间，他们有足够的引诱力使每个人都想追攀他们，却又太高大，没有人能追攀得上。例如摆出一个拉斐尔，无论在构思方面还是在实践方面，他都是十全十美的画家，他的个别的杰出追随者虽然离他很近，却始终没有人能达到那个水平。再如莫扎特在音乐方面是个高不可攀的人物，莎士比亚在诗方面也是如此。我知道你对这番话会提反对的意见，不过我所指的只是自然本性，只是伟大的自然资禀。再如拿破仑也是个高不可攀的人物。俄国人懂得自制，没有去君士坦丁堡，因此也很伟大；拿破仑可以媲美，他也克制了自己，没有去罗马。"

这个大题目可以引起很多联想。我心里想到精灵们摆出歌德来，也有类似的意图，因为他也是能引诱每个人都想去追攀而又太高大、没有人能追攀得上的人物。

1830 年 1 月 3 日（《浮士德》上卷的法译本）

歌德拿 1830 年的英文《纪念年历》给我看，其中有些很美的插画，还有拜伦的几封非常有意思的书信。饭后我阅读了这些书信，歌德自己拿起新出版的杰拉的《浮士德》法译本翻着看，偶尔还随意读一点儿。

歌德说，"我脑子里浮起了一些奇怪的感想。这部诗已用五十年前由伏尔泰统治的那种法文译出供人阅读了。你无法了解我对这一点的感想，因为你对伏尔泰及其同时的伟大人物在我青年时代产生过多大影响以及他们那批人统治整个文明世界的情况，都毫无概念。我在自传里也没有说清楚这批法国人对我青年时代的影响，以及我费过大力使自己不受这种影响的束缚，以便立定脚跟，正确地对待自然。"……

杰拉的法译本尽管大部分用散文，歌德却称赞他译得成功。他说，"我对《浮士德》德文本已看得不耐烦了，这部法译本却使全剧更显得新鲜隽永。"

他接着说，"不过《浮士德》这部诗有些不同寻常，要想单凭知解力去了解它，那是徒劳的。第一部是从个人的某种昏暗状态中产生的。不过这种昏暗状态对人也有些魔力，人还是想用心去了解它，不辞困倦，正如对待一切不可解决的问题那样。"

1830 年 1 月 31 日（歌德的手稿、书法和素描）

陪魏玛大公爵的公子访问歌德，歌德在书房里接见了我们。

我们谈到歌德著作的各种版本。我很惊讶地听到，这些版本的大部分歌德自己并没有收藏，就连附有他亲笔素描插图的《罗马狂欢节》第一版也没有。他说在拍卖行里出过六个银元去买它，可是没有买到手。

随后他把《葛兹·封·伯利欣根》的初稿拿给我们看，这还是五十年前他受他妹妹怂恿，在几个星期之内就写成的那个原样子。那时他的书法韶秀而挥洒自如，已完全显出他后来一直到现在的德文书法的风格。手稿写得很清楚，往往整页不见修改痕迹，令人猜想这也许是誊清本而不是原迹。

歌德告诉我们，他的早期著作，包括《维特》在内，都是亲笔写出的，但是手稿已遗失了。到了后来他却把想好的作品口述出来叫旁人写下，只有一些短诗和匆匆加注的提纲才是亲笔写的。他往往无意给新作品留下一个誊清本，听任最有价值的作品由机缘去摆布，经常把唯一的稿本送到斯图加特印刷所。

我们看过《葛兹》的手稿之后，歌德又把《意大利游记》的手稿拿给我们看。从这些逐日记下观察和感想的手稿中，仍可看出早年《葛兹》手稿里的那种优美的书法风格。一切都显得果决刚健，不加修改，可以看出，就连随时加注的细节也总是先在作者心中想得很清楚的。没有什么要改进的，除掉稿纸。稿纸是他游到什么地方就在那地方购买的，样式和颜色都不一致。

在《意大利游记》手稿末尾，我发现歌德亲笔画的一张黑白素描。画的是一位意大利律师，穿着律师制服，手持发言稿，站在法庭上发言。这是人所能想象得到的绝妙的人物形象。他那身服装特别突出，令人猜想他选了这套衣，仿佛是准备去参加化装舞会。可是一切都是现实生活的忠实描绘。他把食指放在大拇指的顶端，其余三指都是伸直的。这位身材魁梧的演说家很安稳地站在那里，这点手指的小动作配上他戴的那副庞大的假发，倒也十分相称。

1831 年 2 月 13 日（《浮士德》下卷写作过程；文艺须显出伟大人格和魄力，近代文艺通病在纤弱）

在歌德家吃晚饭。他告诉我他正在写《浮士德》下卷第四幕，开始很顺利，像他原来所希望的那样。他说，"关于写什么题材，我早就想好了，这是你知道的，只是关于怎样写，我总是不大满意。今天想到了一些好主意，所以很高兴。现在我要设法把第三幕《海伦后》和先已写好的第五幕之间的整片空隙填补起来，先写下详细计划，以便今后从容不迫地而且有把握地写下去。对哪些部分兴致比较好，就先写。这第四幕的性质有些特殊，它像一个独立的小世界，和其余部分不相关。它和全剧只借着对前因后果略挂上一点儿钩而联系在一起。"

我说，"这样办，第四幕和其他部分在性格上还是融贯一致的。幕中各景也都自成一个独立的小世界，尽管彼此有呼应，而又互不相关。对于诗人来说，他所要表达的是一个丰富多彩的世界。他运用一位有名的英雄人物的故事时只把它作为一根线索，在这上面他爱串上什么就串上什么。这也正是《奥德赛》和《吉尔·布拉斯》都采用过的办法。"

歌德说，"你说得完全正确。这种作品只有一个要点：个别部分都应鲜明而有重要意义，而整体则是不可以寻常尺度去测量的，像一个没有解决的问题，永远耐人钻研和寻思。"

……

1831 年 2 月 17 日（《浮士德》下卷的进度和程序以及与上卷的基本区别）

我问到《浮士德》近来进度如何。

歌德回答说，"它不会再让我放下手了，我每天都在想着怎样写下去。我已经把第二部的手稿装订成册，让它作为一个可捉摸的整体摆在眼前。还待写的第四幕所应占的地位，我用空白稿纸夹在本子里去标明。已写成的部分当然会促使我去完成白稿纸夹在本子里去标明。已写成的部分当然会促使我去完成那个尚待完成的部分。这种物质的东西比人们通常所猜想的更为重要。我们应该用各种办法促进精神活动。"

他叫人把装订好的《浮士德》稿本拿来。我看到他已写了那么多，很惊讶，面前摆着厚厚的一大本哩。

我说，"我来魏玛已六年。这些手稿都是在这六年中写的。您有那么多的事务，能在这部作品上花的工夫实在很少。由此可见，日积月累，积少就可以成多。"

歌德说，"人愈老，愈深信你这句话中的真理，而年轻人却以为一切都可以在一天之内完成。如果运气好，我的健康状况如常，我希望到明年春天，第四幕就可以写得差不多了。你知道，这第四幕我早就想好了，但是在写作过程中，这剩下来的部分扩展得很多，以致原来的计划中只有纲要现在还可利用。我得重新构思，使新插进的段落可以和其他部分融贯一致。"

我说，"《浮士德》下卷所展现的世界远比上卷丰富多彩。"

歌德说，"我也是这样想。上卷几乎完全是主观的，全从一个焦躁的热情人生发出来的，这个人的半蒙昧状态也许会令人喜爱。至于下卷，却几乎完全没有主观的东西，所显现的是一种较高、较广阔、较明朗肃穆的世界。谁要是没有四面探索过，没有一些人生经验，他对下卷就无法理解。"

我说，"读下卷须用一些思考，有时也需要一些学问。我很高兴，我读过谢林关于卡比里的小册子，才懂得您为什么在《古典的巫婆集会之夜》那一景中的有名段落里援用它。"

歌德笑着说："我经常发现，有点知识还是有用的。"

1831 年 6 月 6 日（《浮士德》下卷脱稿；歌德说明借助宗教观念的理由）

歌德今天把原来缺着而现已补写的《浮士德》第五幕的开头部分拿给我看。我读到菲勒蒙和包喀斯的茅庐失火，浮士德黑夜站在宫殿走廊里闻到微风吹来的烟火味那一段，就说，"菲勒蒙和包喀斯这两个人名把我带到弗里基亚海岸，令我想起古希腊那两位老夫妇的有名的传说。不过本剧第一幕的场面是近代的，是基督教世界中的风景。"

歌德说，"我的菲勒蒙和包喀斯同那古代的老夫妇及其传说都毫不相干。我借用了他们的名字，用意不过借此提高剧中人物性格。剧中老夫妇及其相互关系和古代传说中的有些类似，所以宜于用同样的名字。”

接着我们谈到，浮士德到了老年，还没有丧失他得自遗传的那部分性格，即贪得无厌，尽管他已拥有全世界的财富和他自己建造的王国，但他看到有两棵菩提树、一座钟和一间茅屋还不属于他自己，他就感到不舒服。他像以色列国王亚哈那样，认为除非拿伯的葡萄园也归他所有，否则他就仿佛一无所有。

歌德又说，“按我的本意，浮士德在第五幕中出现时应该是整整一百岁了，我还拿不定是否应在某个地方点明一下比较好些。”

接着我们又谈到全剧的收尾部分，歌德叫我注意以下几行：

> 精神界这个生灵
> 已从孽海中超生。
> 谁肯不倦地奋斗，
> 我们就使他得救。
> 上界的爱也向他照临，
> 翩翩飞舞的仙童
> 结队对他热烈欢迎。

歌德说，“浮士德得救的秘诀就在这几行诗里。浮士德身上有一种活力，使他日益高尚化和纯洁化，到临死，他就获得了上界永恒之爱的拯救。这完全符合我们的宗教观念，因为根据这种宗教观念，我们单靠自己的努力还不能沐神福，还要加上神的恩宠才行。

“此外，你会承认，得救的灵魂升天这个结局是很难处理的。碰上这种超自然的事情，我头脑里连一点儿影子都没有；除非借助于基督教一些轮廓鲜明的图景和意象，来使我的诗意获得适当的、结实的具体形式，否则我就不免容易陷到一片迷茫里去了。”

在此后数周中，歌德把所缺的第四幕也写完了。到八月，《浮士德》下卷的全部手稿就装订成册，算是完工了。长久奋斗的目标终于达到，歌德感到非常快活。他说，“我这一生的今后岁月可以看做一种无偿的赠品，我是否还工作或做什么工作，事实上都无关宏旨了。"

第六章

人物评论

《谈话录》一书不仅为后人了解歌德的生平与创作提供了宝贵的第一手资料，同时书中记录的歌德关于许多杰出历史人物的评价，也为我们更好地理解、把握与学习他们提供了不少的便利。事实上，歌德许许多多的真知灼见也都是在对他人的评论中得以表达的。

1823 年 11 月 14 日（论席勒醉心于抽象哲学的理念使他的诗受到损害）

……

话题转到戏剧方面，明天席勒的《华伦斯坦》要上演，因此我们就谈起席勒来。

我说，我对席勒有一种特别的感觉。读他的长篇剧作中某些场面，我倒真正喜欢，并且感到惊赞，可是接着就碰上违反自然真实的毛病，读不下去，就连对《华伦斯坦》也还是如此。我不免想，席勒对哲学的倾向损害了他的诗，因为这种倾向使他把理念看得高于一切自然，甚至消灭了自然。凡是他能想到的，他就认为一定能实现，不管它是符合自然，还是违反自然。

歌德说，"看到那样一个有卓越才能的人自讨苦吃，在对他无益的哲学研究方面煞费苦心，真叫人惋惜。洪堡把席勒在为玄学思维所困扰的日子里写给他的一些信带给我看了。从这些信里可以看出席勒当时怎样劳心焦思，想把感伤诗和素朴诗完全区别开来。他不能替感伤诗找到基础，这使他说不出来地苦恼。"这时歌德微笑着说，"好像没有素朴诗做基础，感伤诗就能存在一样，感伤诗也是从素朴诗生长出来的。"

歌德接着说，"席勒的特点不是带着某种程度的不自觉状态，仿佛在出于本能地进行创作，而是要就他所写出的一切东西反省一番。因此他对自己作诗的计划总是琢磨来，琢磨去，逢人就谈来谈去，没有个完。他近来的一些剧本都一幕接着一幕地跟我讨论过。

"我的情况却正相反，我从来不和任何人，甚至不和席勒，谈我作诗的计划。我把一切都不声不响地放在心上，往往一部作品已完成了，旁人才知道。我拿写完了的《赫尔曼与窦绿苔》给席勒看，他大为惊讶，因为我从来没有就写这部诗的计划向他泄露过一句话。

"但是我想听一听你明天看过《华伦斯坦》上演之后对它会怎么说。你会看到一些伟大的人物形象，给你意想不到的深刻印象。"

1824 年 1 月 2 日（莎士比亚的伟大；《维特》与时代无关）

......

我们谈到英国文学、莎士比亚的伟大以及生在这位诗坛巨人之后的一切剧作家的不利处境。

歌德接着说，"每个重要的有才能的剧作家都不能不注意莎士比亚，都不能不研究他。一研究他，就会认识到莎士比亚已把全部人性的各种倾向，无论在高度上还是在深度上，都描写得竭尽无余了，后来的人就无事可做了。只要心悦诚服地认识到已经有一个深不可测、高不可攀的优异作家在那里，谁还有勇气提笔呢！

"五十年前，我在我亲爱的德国的处境当然要好一点儿。我可以很快就把德国原有的作品读完，它们够不上使我长久钦佩乃至注意。我很早就抛开德国文学及其研究，转到生活和创作上去了。这样，我就在我的自然发展途程上一步一步地迈进，逐渐把自己培养到能从事创作。我在创作方面一个时期接着一个时期都获得成功。在我生平每一发展阶段或时期，我所选的最高理想从来不超过我当时的力所能及。但是我如果生在英国做一个英国人，在知识初开的幼年，就有那样丰富多彩的杰作以它们的全部威力压到我身上来，我就会被压倒，不知怎么办才好。我就会没有轻松而新颖的勇气向前迈进，就要深思熟虑，左右巡视，去寻找一条新的出路。"

　　我把话题引回到莎士比亚，说，"如果以某种方式把莎士比亚从英国文学的氛围中单抽出来，假想把他作为一个孤立的人放在德国文学里来看，那就不免要惊赞那样伟大的人物真是一种奇迹。但是如果到英国他的家乡去找他，而且设身处地地把自己摆在莎士比亚时代里，对莎士比亚的同时代和后起的那些作家进行一番研究，呼吸一下本·琼生、玛森格、马洛、博芒和弗勒乔等人所吹的那股雄风，那么，莎士比亚固然仍显得是个超群出众的、雄强而伟大的人物，可是我们却会得到一种信念：莎士比亚的许多天才奇迹多少还是人力所能达到的，有不少要归功于他那个时代的那股强有力的创作风气。"

　　歌德回答说，"你说的完全对。看莎士比亚就像看瑞士的群山。如果把瑞士的白峰移植到纽伦堡大草原中间，我们就会找不到语言来表达对它的高大所感到的惊奇。不过如果到白峰的伟大家乡去看它，如果穿过它周围的群峰如少妇峰……玫瑰峰之类去看它，那么，白峰当然还是最高的，可是就不会令人感到惊奇了。

　　"再者，如果有人不相信莎士比亚的伟大多半要归功于他那个伟大而雄强的时代，他最好只想一下这样一个问题：这样令人惊奇的现象在 1824 年今天的英国，在今天报刊纷纷闹批评、闹分裂的这种坏日子里，能否出现呢？

　　"产生伟大作品所必不可少的那种不受干扰的、天真无瑕的、梦游症式的创作活动，今天已不复可能了。今天我们的作家们都要面对群众。每天在五十个不同地方所出现的评长论短，以及在群众中所掀起的那些流言蜚语，都不容许健康的作品出现。今天，谁要是想避开这些，勉强把自己孤立起来，他也就完蛋了。通过各种报刊的那种低劣的、大半是消极的挑剔性的美学评论，一种'半瓶醋'的文化渗透到广大群众之中。对于进行创作的人来说，这是一种妖氛，一种毒液，会把创造力这棵树从绿叶到树心的每条纤维都彻底毁灭掉。

　　"在最近这两个破烂的世纪里，生活本身已变得多么屠弱呀！我们哪里还能碰到一个纯真的、有独创性的人呢！哪里还有人有足够的力量能做个诚实人，本来是什么样就显出什么样呢？这种情况对诗人却产生了不利的影响；外界一切都使他悬在虚空中，脚踏不到实地，他就只能从自己的内心生活里去汲取一切源泉了。"

接着话题转到《少年维特》，歌德说，"我像鹈鹕一样，是用自己的心血把那部作品哺育出来的。其中有大量的出自我自己心胸的东西、大量的情感和思想，足够写一部比此书长十倍的长篇小说。我经常说，自从此书出版之后，我只重读过一遍，我当心以后不要再读它，它简直是一堆火箭弹！一看到它，我心里就感到不自在，生怕重新感到当初产生这部作品时那种病态心情。"

我回想起歌德和拿破仑的谈话，在歌德的没有出版的稿件中我曾发现这次谈话的简单记录，劝过歌德把它再写详细些。我说，"拿破仑曾向你指出《维特》里有一段话在他看来是经不起严格检查的，而你当时也承认他说得对，我非常想知道所指的究竟是哪一段。"

歌德带着一种神秘的微笑说，"猜猜看吧。"

我说，"我猜想那是指绿蒂既不告诉阿尔博特，也没有向他说明自己心里的疑惧，就把手枪送交维特那一段话。你固然费大力替这种缄默找出了动机，但是事关营救一个朋友生命的迫切需要，你所给的动机是站不住脚的。"

歌德回答说，"你这个意见当然不坏，不过拿破仑所指的究竟是你所想的那一段还是另一段，我认为还是不说出为好，反正你的意见和拿破仑的意见都是正确的。"

我对《维特》出版后所引起的巨大影响是否真正由于那个时代，提出了疑问。我说，"我很难赞同这种流传很广的看法。《维特》是划时代的，只是由于它出现了，并不是由于它出现在某一个具体的时代。《维特》即便在今天第一次出现，也还是划时代的，因为每个时代都有那么多的不期然而然的愁苦，那么多隐藏的不满和对人生的厌恶，就某些个别人物来说，那么多对世界的不满情绪，那么多个性和市民社会制度的冲突（如在《维特》里所写的）。"

歌德回答说，"你说得很对，所以《维特》这本书直到现在还和当初一样对一定年龄的青年人发生影响。我自己也没有必要把自己青年时代的阴郁心情归咎于当时世界一般影响以及我阅读过的几部英国作家的著作。使我感到切肤之痛的、迫使我进行创作的、导致产生《维特》的那种心情，是一些直接关系到个人的情况。原来我生活过，恋爱过，苦痛过，关键就在这里。

"至于人们谈得很多的'维特时代'，如果仔细研究一下，它当然与一般世界文化过程无关，它只涉及每个个别的人，个人生来就有自由本能，却处在陈腐世界的窄狭圈套里，要学会适应它。幸运遭到阻挠，活动受到限制，愿望得不到满足，这些都不是某个特殊时代的，而是每个人都碰得着的不幸事件。假如一个人在他的生平不经过觉得《维特》就是为他自己写的那么一个阶段，那倒很可惜了。"

1824 年 4 月 14 日（德国爱好哲学思辨的诗人往往艰深晦涩）

一点钟左右，我陪歌德出去散步。我们谈论了各种作家的风格。

歌德说，"总的说来，哲学思辨对德国人是有害的，这使他们的风格流于晦涩，不易了解，艰深惹人厌倦。他们愈醉心于某一哲学派别，也就愈写得坏。但是从事实际生活、只顾实践活动的德国人却写得最好。席勒每逢抛开哲学思辨时，他的风格是雄壮有力的。我正在忙着看席勒的一些极有意思的书信，看出了这一点。德国也有些有才能的妇女能写出真正顶好的风格，比许多著名的德国男作家还强。

"英国人照例写得很好，他们是天生的演说家和讲究实用的人，眼睛总是朝着现实的。

"法国人在风格上显出法国人的一般性格。他们生性好社交，所以一向把听众牢记在心里。他们力求明白清楚，以便说服读者；力求饶有风趣，以便取悦读者。

"总的来说，一个作家的风格是他的内心生活的准确标志。所以一个人如果想写出明白的风格，他首先就要心里明白；如果想写出雄伟的风格，他也首先就要有雄伟的人格。"

歌德接着谈到一些反对他的敌手，说这种人总是源源不绝的。他说，"他们人数很多，不难分成几类。第一类人是由于愚昧，他们不了解我，根本没有懂得我就进行指责。这批为数可观的人在我生平经常惹人厌烦；可以原谅他们，因为他们根本不认识自己所做的事有什么意义。第二批人也很多，他们是由于妒忌。我通过才能所获得的幸运和尊荣地位引起他们吃醋。他们破坏我的声誉，很想把我搞垮。假如我穷困，他们就会停止攻击了。还有很多人自己写作不成功，就变成了我的对头。这批人本来是些很有才能的人，因为被我压住，就不能宽容我。第四类反对我的人是有理由的。我既然是个人，也就有人的毛病和弱点，这在我的作品中不免要流露出来。不过我认真促进自己的修养，孜孜不倦地努力提高自己的品格，不断地在前进，有些毛病我早已改正了，可是他们还在指责。这些好人绝对伤害不到我，因为我已远走高飞了，他们还在那里向我射击。一般说来，一部作品既然脱稿了，我对它就不再操心，马上就去考虑新的写作计划。

"此外还有一大批人反对我，是由于在思想方式和观点上和我有分歧。人们常说，一棵树上很难找到两片叶子形状完全一样，一千个人之中也很难找到两个人在思想情感上完全协调。我接受了这个前提，所以我感到惊讶的倒不是我有那么多的敌人，而是我有那么多的朋友和追随者。我和整个时代是背道而驰的，因为我们的时代全在主观倾向笼罩之下，而我努力接近的却是客观世界。我的这种孤立地位对我是不利的。

"在这一点上，席勒比我占了很大的便宜。有一位好心好意的将军曾明白地劝我学习席勒的写作方式。我认识席勒的优点比这位将军要清楚，就向他分析了一番。我仍然悄悄地走自己的老路，不去关心成败，尽量不理会我的敌手们。"

……

1824 年 11 月 9 日（克洛普斯托克和赫尔德尔）

今晚在歌德家，我们谈论到克洛普斯托克和赫尔德尔。我很高兴听他分析这两位的主要优点。

歌德说，"如果没有这些强大的先驱者，我国文学就不会像现在的样子。他们出现时是走在时代前面的，他们仿佛不得不拖着时代跟他们走，但是现在时代已把他们抛到后面去了。这些一度很必要而且重要的人物现在已不再是有用的工具了。一个青年人如果在今天还想从克洛普斯托克和赫尔德尔吸取教养，就太落后了。"

我们谈到克洛普斯托克的史诗《救世主》和一些颂体诗及其优点和缺点。我们一致认为，他对观察和掌握感性世界以及描绘人物性格方面都没有什么倾向和才能，所以他缺乏史诗体诗人、戏剧体诗人，甚至可以说一般诗人所必有的最本质性的东西。

歌德说，"我想起他的一首颂体诗描写德国女诗神和英国女诗神赛跑。两位姑娘互相赛跑时，甩开双腿，踢起尘土飞扬，试想想这是怎样一幅情景，就应该可以看出这位老好人眼睛并没有盯住活的事物就来画它，否则就不会出这种差错。"

我问歌德在少年时代对克洛普斯托克的看法如何。

歌德说，"我怀着我所特有的虔诚尊敬他，把他看做长辈。我对他的作品只有敬重，不去进行思考或挑剔。我让他的优良品质对我发生影响，此外我就走我自己的道路。"

回到赫尔德尔身上，我问歌德，他认为赫尔德尔的著作哪一种最好。歌德回答说，"毫无疑问，《对人类史的一些看法》最好。他晚期向消极方面转化，就不能令人愉快了。"

1825 年 1 月 18 日（回忆席勒）

……

歌德对席勒的回忆非常活跃，这一晚后半部分就专谈席勒。

里默尔谈到席勒的外表说，"他的四肢构造、在街上走路的步伐乃至每一个举动都显得很高傲，只有一双眼睛是柔和的。"

歌德说，"是那样，他身上一切都是高傲庄严的，只有一双眼睛是柔和的。他的才能也正像他的体格。他大胆地抓住一个大题目，把它翻来覆去地看，想尽办法来处理它。但是他仿佛只从外表来看对象，并不擅长于平心静气地发展内在方面。他的才能是散漫随意的。所以他老是决定不下，没完没了。他经常临预演前还要把剧中某个角色更动一下。

"因为他进行工作一般很大胆，就不大注意动机伏脉（Motivieren）。我还记得为了《威廉·退尔》我和他的争论。他要让盖斯洛突然从树上摘下一个苹果，摆在退尔的孩子头上，叫退尔用箭把苹果从孩子头上射下来。这完全不合我的天性，我力劝他至少要为这种野蛮行动布置一点动机伏脉，先让退尔的孩子向盖斯洛夸他父亲射艺精巧，说他能从一百步以外把一个苹果从树上射下来。席勒先是不听，但是我提出我的论据和忠告，他终于照我的意见改过来了。至于我自己却过分地注意动机伏脉，以致我的剧本不合舞台的要求。例如我的《幽简尼》只是一连串的动机伏脉，这在舞台上是不能成功的。

"席勒的才能生来就适合于舞台。每写成一部剧本，他就前进一步，就更完善些。但是有一点颇奇怪，自从他写了《强盗》以后，他一直丢不掉对恐怖情景的爱好，就连到了他最成熟的时期也还是如此。我还记得很清楚，在我写《哀格蒙特》的监狱一场中向主角宣读死刑判决书时，他硬劝我让阿尔法戴着假面具，蒙上一件外衣，出现在背景上瞧着死刑判决对哀格蒙特的效果来开心。如果这样写，就会使阿尔法显得报仇雪恨，残酷无厌了。不过我反对这样写，没有让这种幽灵出现。席勒这个伟大人物真有点儿奇怪。

"每个星期他都更完善了；每次我再见到他，都觉得他的学识和判断力已前进了一步。他给我的一些书信是我所保存的最珍贵的纪念品，在他所写的作品中也是最高明的。我把他给我的最后一封信当做我的宝库中一件神圣遗迹珍藏起来。"他站起来把这封信取出递给我说，"你看一看，读一读吧。"

这封信确实很美，字体很雄壮。内容是他对歌德的《拉摩的侄儿》评注的看法，这些评注介绍了当时的法国文学。歌德把手稿交给席勒看过。我把这封信向里默尔朗读了一遍。歌德说，"你看，他的判断多么妥帖融贯，字体也丝毫不露衰弱的痕迹。他真是一个顶好的人，长辞人世时还是精力充沛。信上写的日期是 1805 年 4 月 24 日，席勒是当年 5 月 9 日去世的。"

我们轮流看了这封信，都欣赏其中表达的明白和书法的美妙。歌德还以挚爱的心情说了一些回忆席勒的话，时间已近十点钟，我们就离开了。

1825 年 2 月 24 日（歌德对拜伦的评价）

歌德今晚说，"如果我现在还担任魏玛剧院的监督，我就要把拜伦的《威尼斯的行政长官》拿出来上演。这部剧本当然太长，需要缩短，但是不能砍掉其中任何内容，而是要保留每一场的内容，把它表达得更简练些。这样就会使剧本较为紧凑，不致因改动而受到损害。效果会因此更强烈，而原来的各种美点也基本上没有丧失。"

歌德这番话使我认识到在上演成百部其他类似的剧本时应该怎么办，我非常喜欢这番箴言，因为它来自有高明头脑而且懂得本行事业的诗人。

接着我们继续谈论拜伦。我提起拜伦在和麦德文谈话中曾说过，为剧院写作是一件最费力不讨好的事。歌德说，"这要看诗人是不是懂得投合观众鉴赏力和兴味的趋向。如果诗人才能的趋向和观众的趋向合拍，那就万事俱备了。侯瓦尔德用他的剧本《肖像》投合了这个趋向，所以博得普遍的赞扬。拜伦也许没有这样幸运，因为他的趋向背离了群众的趋向。在这个问题上，人们并不管诗人有多么伟大。倒是一个只比一般观众稍稍突出的诗人最能博得一般观众的欢心。"

我们仍继续谈论拜伦，歌德很惊赞拜伦的非凡才能。他说，"依我看，在我所说的创造才能方面，世间还没有人比拜伦更卓越。他解开戏剧纠纷（Knoten）的方式总是出人意料，比人们所能想到的更高明。"

我接着说，"我看莎士比亚也是如此，特别在写福尔斯塔夫时。我看到福尔斯塔夫逛骗陷入困境时，不免自问怎样才能使他脱身，莎士比亚的解决办法总是远远超出我的意外。你说拜伦也有这样的本领，这对他就是极高的赞扬了。"我又补充了一句，"诗人站得高，俯瞰情节发展的始终，一切都看得很清楚，比视野狭窄的读者总是处在远为便利的地位。"

歌德赞成我的话。想到拜伦，他笑了一声，因为拜伦在生活中从来不妥协，不顾什么法律，却终于服从最愚蠢的法律，即"三整一律"。他说，"拜伦和一般人一样不大懂三整一律的根由。根由在便于理解（Fassliche），三整一律只有在便于理解时才是好的。如果三整一律妨碍理解，还是把它作为法律服从，那就不可理解了。就连三整一律所自出的希腊人也不总是服从它。例如欧里庇得斯的《菲通》以及其他剧本里的地点都更换过。由此可见，对于希腊人来说，描绘对象本身比起盲从一种没有多大意义的法律更为重要。莎士比亚的剧本都尽可能地远离时间和地点的整一，但是它们却易于理解，没有什么剧本比它们更易于理解了，因此，希腊人也不会指责它们。法国诗人却力图极严格地遵守三整一律，但是违反了便于理解的原则，他们解决戏剧规律的困难，不是通过戏剧表演而是通过追述。"

……

歌德继续谈论拜伦说，"拜伦通过遵守三整一律来约束自己，对于他那种放荡不羁的性格来说，倒是很适宜的。假如他懂得怎样接受道德方面的约束，那多好！他不懂得这一层，这就是致他死命的原因。可以很恰当地说，毁灭拜伦的是他自己的放荡不羁的性格。

"拜伦太无自知之明了。他逞一时的狂热，既认识不到，也不去想一想他在干什么。他总是责己过宽而责人过严，这就会惹人恨，致他于死命。一开始，他发表了《英伦的诗人们和苏格兰的评论家们》，就得罪了当时文坛上一些最杰出的人物。此后为着活下去，他必须退让一步。可是在以后的一些作品里，他仍旧走反抗和寻衅的道路。他没有放过教会和政府，对它们都进行攻击。这种不顾后果的行动迫使他离开了英国，长此下去，还会迫使他离开欧洲哩。什么地方他都嫌太逼仄，他本来享有完全的人身自由，可是他自觉是关在监牢里，在他看，整个世界就是一个监牢。他跑到希腊，并非出于自愿的决定，是他对世界的误解把他驱逐到希腊的。

　　"和传统的爱国的东西决裂，这不仅导致了他这样一个优秀人物的毁灭，而且他的革命意识以及与此结合在一起的经常激动的心情也不允许他的才能得到恰当的发展，他一贯的反抗和挑剔对他的优秀作品也是最有害的。因为不仅诗人的不满情绪感染到读者，而且一切反抗都导致否定，而否定止于空无。我如果把坏的东西称作坏的，那有什么益处？但是我如果把好的东西称作坏，那就有很大的害处。谁要想做好事就不应该谴责人，就不去为做坏了的事伤心，只去永远做好事。因为关键不在于破坏而在于建设，建设才使人类享受纯真的幸福。"

　　这番话顶好，使我精神振奋起来，我很高兴听到这种珍贵的箴言。

　　歌德接着说，"要把拜伦作为一个人来看，又要把他作为一个英国人来看，又要把他作为一个有卓越才能的人来看。他的好品质主要是属于人的，他的坏品质是属于英国人和一个英国上议院的议员的，至于他的才能，则是无可比拟的。

　　"凡是英国人，单作为英国人来说，都不擅长真正的熟思反省。分心事务和党派精神使他们得不到安安静静的修养。但是作为实践的人，他们是伟大的。

　　"因此，拜伦从来不会反省自己，所以他的感想一般是不成功的。例如他所说的'要大量金钱，不要权威'那句信条就是例证，因为大量金钱总是要使权威瘫痪的。

　　"但是他在创作方面总是成功的。说实话，就他来说，灵感代替了思考。他被迫似的老是不停地作诗，凡是来自他这个人，特别是来自他的心灵的那些诗都是卓越的。他作诗就像女人生孩子，她们用不着思想，也不知怎样就生下来了。

　　"他是一个天生的有大才能的人。我没有见过任何人比拜伦具有更大的真正的诗才。在掌握外在事物和洞察过去情境方面，他可以比得上莎士比亚。不过单作为一个人来看，莎士比亚却比拜伦高明。拜伦自己明白这一点，所以他不大谈论莎士比亚，尽管他对莎士比亚的作品能整段整段地背诵。他会宁愿把莎士比亚完全抛开，因为莎士比亚的爽朗心情对拜伦是个拦路虎，他觉得跨不过去。但是他并不抛开蒲伯，因为他觉得蒲伯没有什么可怕的。他一遇到机会就向蒲伯表示敬意，因为他知道得很清楚，蒲伯对他不过是一种配角。"

歌德对拜伦似乎有说不完的话，我也听不厌。说了一些旁的话以后，他又继续说：

"处在英国上议院议员这样高的地位，对拜伦是很不利的；因为凡是有才能的人总会受到外在世界的压迫，特别是像他那样出身地位高而家产又很富的人。对于有才能的人，中等阶层的地位远为有利，所以我们看到凡是大艺术家和大诗人都属于中产阶层。拜伦那种放荡不羁的倾向如果出现在一个出身较微、家产较薄的人身上，就远没有在他身上那样危险。他的境遇使他有力量把每个幻想付诸实施，这就使他陷入数不尽的纠纷。此外，像他那样地位高的人能对谁起敬畏之心呢？他想到什么就说什么，这就使他和世人发生了解决不完的冲突。"

歌德接着说，"看到一个地位高、家产富的英国人竟花去一生中大部分光阴去干私奔和私斗，真使人惊讶。拜伦亲口说过，他的父亲先后和三个女人私奔过。他这个儿子只和一个女人私奔过一次，比起父亲来还算有理性了。

"拜伦不能过寂寞生活，所以他尽管有许多怪脾气，对和他交游的人却极其宽容。有一晚他在朗诵他吊唁慕尔将军的一首好诗，而他的贵友们听了却不知所云。他并没有生气，只把诗稿放回到口袋里。作为诗人，他显得和绵羊一样柔顺，别的诗人会叫那帮贵友见鬼去。"

1825 年 5 月 12 日 （歌德谈他所受的影响，特别提到莫里哀）

歌德说，"关键在于我们要向他学习的作家须符合我们自己的性格。例如卡尔德隆尽管伟大，尽管我也很佩服他，对我却没有发生什么影响，不管是好的还是坏的。但是对于席勒，卡尔德隆就很危险，会把他引入歧途。很幸运，卡尔德隆到席勒去世之后才在德国为一般人所熟悉。卡尔德隆最大的长处在技巧和戏剧效果方面，而席勒则在意图上远为健康、严肃和雄伟，所以席勒如果在自己的长处方面有所损失，而在其他方面又没有学到卡尔德隆的长处，那就很可惜了。"

我们谈到莫里哀，歌德说，"莫里哀是很伟大的，我们每次重温他的作品，每次都重新感到惊讶。他是个与众不同的人，他的喜剧作品跨到了悲剧界限边上，都写得很聪明，没有人有胆量去模仿他。他的《悭吝人》使利欲消灭了父子之间的恩爱，是特别伟大的，带有高度悲剧性的。但是经过修改的德文译本却把原来的儿子改成一般亲属，就变得软弱无力，不成名堂了。他们不敢像莫里哀那样把利欲的真相揭露出来。但是一般产生悲剧效果的东西，除掉不可容忍的因素之外，还有什么呢？

"我每年都要读几部莫里哀的作品，正如我经常要翻阅版刻的意大利大画师的作品一样。因为我们这些小人物不能把这类作品的伟大处铭刻在心里，所以需要经常温习，以便使原来的印象不断更新。

"人们老是在谈独创性，但是什么才是独创性！我们一生下来，世界就开始对我们发生影响，而这种影响一直要发生下去，直到我们过完了这一生。除掉精力、气力和意志以外，还有什么可以叫做我们自己的呢？如果我能算一算我应归功于一切伟大的前辈和同辈的东西，此外剩下来的东西也就不多了。

"不过在我们一生中，受到新的、重要的个人影响的那个时期绝不是无关要旨的。莱辛、温克尔曼和康德都比我年纪大，我早年受到前两人的影响，老年受到康德的影响，这个情况对我是很重要的。再说，席勒还很年轻、刚投身于他的最新的事业时，我已开始对世界感到厌倦了，同时，洪堡弟兄和史雷格尔弟兄都是在我的眼下登上台的。这个情况也非常重要，我从中获得了说不尽的益处。"

歌德谈了一些重要人物对他的影响之后，话题就转到他对别人的影响。我提起毕尔格尔，我看这方面似乎有问题，因为毕尔格尔的纯粹信任自然的才能似乎没有显示出歌德的影响。

歌德说，"毕尔格尔在才能方面和我有接近处，但是他的道德修养却植根于完全不同的土壤。一个人在修养进程中怎样开始，就会沿着那条线前进。一个在三十岁上写出《希尼普斯夫人》那样的诗的人，显然有些偏离我所走的方向。由于他确实有很大的才能，他博得了一批他很能予以满足的观众，所以对于一个和他无关的同时代诗人有什么特点，他就不操心了。

"一般说来，我们只向我们喜爱的人学习。正在成长的年轻的有才能的人对我有这种好感，但是和我同辈的人之中对我很少有这种好感。我数不出一个重要的人物，说他对我完全满意。人们就连对我的《维特》也进行挑剔，如果我把被指责的字句都勾销掉，全书就很难剩下一句了。不过这一切指责对我毫无害处，因为某些个人的主观判断，不管他们多么重要，毕竟由人民大众纠正过来了。谁不指望有成百万的读者，他就不应该写出一行文字来。

"听众对于席勒和我谁最伟大这个问题争论了二十年。其实有这么两个家伙让他们可以争论，他们倒应该感到庆幸。"

1825 年 12 月 25 日（赞莎士比亚；拜伦的诗是"被扣压的议会发言"）

……

歌德拿了一部非常有意思的英文作品给我看。这部作品替莎士比亚全集作了一些插画来说明。每页插上六张小图，每张小图下面写了一些诗句，使每部作品的主旨和主要情境都呈现在眼前。全套不朽的悲剧和喜剧像戴面具的游行队伍一样在我们的眼前走过。

歌德说，"浏览这些小图使人感到震惊。由此人们可以初次认识到，莎士比亚多么无限丰富和伟大呀！他把人类生活中的一切动机都画出来和说出来了！而且显得多么容易，多么自由！

"不过我们对莎士比亚简直谈不出什么来，谈得出的全不恰当。我在《威廉·麦斯特》里已谈过一些，可是都算不了什么。莎士比亚并不是一个适合在舞台上演的剧体诗人。他从来不考虑舞台。对他的伟大心灵来说，舞台太窄狭了，甚至这整个可以眼见的世界也太窄狭了。

"他太丰富，太雄壮了。一个创作家每年只应读一种莎士比亚的剧本，否则他的创作才能就会被莎士比亚压垮。我通过写《葛兹·封·伯利欣根》

和《哀格蒙特》来摆脱莎士比亚，我做得对；拜伦不过分地崇敬莎士比亚而走他自己的道路，他也做得很对。有多少卓越的德国作家没有让莎士比亚和卡尔德隆压垮呢！

"莎士比亚给我们的是银盘装着金橘。我们通过学习，拿到了他的银盘，但是我们只能拿土豆来装进盘里。"

我笑了，很欣赏这个绝妙的比喻。

歌德接着把泽尔特的一封信读给我听，信里谈到《麦克白》在柏林上演，音乐跟不上剧本中雄伟精神性格的步伐，像泽尔特在信里一些话所表明的。通过歌德的朗读，信的生动效果都显示出来。歌德读到特别有意思的段落时往往停顿一下，让我们玩味欣赏。

歌德这次说过，"我认为《麦克白》在莎士比亚全部剧本中是一部最宜于在舞台上演出的。它显出莎士比亚对于舞台的深刻理解。如果你想认识莎士比亚的毫无拘束的自由心灵，你最好去读《特洛伊勒斯与克丽西达》，莎士比亚在这部剧本里以自己的方式处理了荷马史诗《伊利亚特》中的材料。"

话题转到拜伦，谈到拜伦和莎士比亚对比起来，在天真爽朗方面较为逊色，还谈到拜伦由于在作品中对多方面所持的否定态度，往往引起了大半无理的谴责。

歌德说，"假如拜伦有机会通过一些强硬的议会发言把胸中那股反抗精神发泄掉，他就会成为一个较纯粹的诗人。但是他在议会里很少发言，把反对他的国家的全部愤怒情感都藏在心里，没有其他方式可发泄，于是就用诗的方式发泄出来了。所以我可以把拜伦大部分表示否定态度的作品称为'被扣压的议会发言'，我想这个名称对他那些诗不能说是不合适的。"

1827 年 1 月 4 日（谈雨果和贝朗瑞的诗以及近代德国画家；复古与反古）

歌德很赞赏雨果的诗。他说，"雨果确实有才能，他受到了德国文学的影响。他的诗在少年时期不幸受到古典派学究气的毒害。不过现在他得到《地球》的支持，所以他在文坛上打了胜仗。我想拿他来比曼佐尼。他很能掌握客观事物，我看他的重要性并不亚于拉马丁和德拉维尼这些先生们。如果对他进行正确的考察，我就看得很清楚，他和类似他的一些有才能的青年诗人都来源于夏多布里昂这位很重要的、兼有演说才能和诗才的诗人。要想看到雨果的写作风格，你最好读一读他写拿破仑的《两个岛》。"

歌德把这首诗放在我面前，然后走到火炉边，我就读起来。他说，"雨果没有顶好的形象吗？他对题材不是用很自由的精神来处理的吗？"然后又走到我身边，对我说，"你且只看这一段，多么妙！"他读了暴风雨中的电光从下面往上射到这位英雄身上那一段。"这段很美！因为形象很真实。在山峰上你经常可以看到山下风雨纵横，电光直朝山上射去。"

我就说，"我佩服法国人。他们的诗从来不离开现实世界这个牢固基础。我们可以把他们的诗译成散文，把本质性的东西都保留住。"

歌德说，"那是因为法国诗人对事物有知识，而我们德国头脑简单的人们却以为在知识上下工夫就显不出他们的才能。其实一切才能都要靠知识来营养，这样才会施展才能的力量。我们且不管这种人，我们没法帮助他们。真正有才能的人会摸索出自己的道路。许多青年诗人在干诗这个行业，却没有真正的才能。他们所证实的只是一种无能，受到德国文学高度繁荣的吸引才从事创作。"

歌德接着说，"法国人在诗的方面已由学究气转到较自由的作风了，这是不足为奇的。在大革命之前，狄德罗和一些志同道合的人就已在设法打破陈规了。大革命本身以及后来拿破仑时代对这种变革事业都是有利的。因为战争年代尽管不容许人发生真正的诗的兴趣，暂时对诗神不利，可是在这个时代有一大批具有自由精神的人培育起来了，到了和平时期，这批人觉醒过来，就作为重要的有才能的人崭露头角了。"

我问歌德，古典派是否也反对过贝朗瑞这位卓越诗人。歌德说，"贝朗瑞所作的那种体裁的诗，本是人们所惯见的一种从前代流传下来的老体裁；不过他在很多方面都比前人写得自由，所以他受到学究派的攻击。"

话题转到绘画和崇古派的流毒。歌德说，"你在绘画方面本来不充内行，可是我要让你看一幅画。这幅画虽然出于现在还活着的一位最好的德国画家之手，你也会一眼就看出其中一些违反艺术基本规律的明显错误。你会看出细节都描绘得很细致，但是整体却不会使你满意，你会感到这幅画的意义不知究竟何在。这并不是因为画家没有足够的才能，而是因为应该指导才能的精神像其他顽固复古派的头脑一样被冲昏了，所以他忽视完美的画师而退回到不完美的前人，把他们奉为模范。

"拉斐尔和他的同时代人是冲破一种受拘束的习套作风而回到自然和自由的。而现在画家们却不感谢他们，不利用他们所提供的便利，沿着顶好的道路前进，反而又回到拘束狭隘的老路。这太糟了，我们很难理解他们的头脑竟会被冲昏到这种地步。他们既走上了这条路，就不能从艺术本身获得支撑力，于是设法从宗教和党派方面去找这种支撑力。没有这两种东西，他们就软弱到简直连站都站不住了。"

歌德接着说，"各门艺术都有一种源流关系。每逢看到一位大师，你总可以看出他吸取了前人的精华，就是这种精华培育出他的伟大。像拉斐尔那种人并不是从土里冒出来的，而是植根于古代艺术，吸取了其中的精华的。假如他们没有利用当时所提供的便利，我们对于他们就没有多少可谈的了。"

话题转到前代德国诗，我提到弗勒明。歌德说，"弗勒明是一个颇有优秀才能的人，有一点儿散文气和市民气，现在没有什么实际用处了。"他接着说，"说来有点奇怪，尽管我写了那么多的诗，却没有一首可以摆在路德派的'颂圣诗'里。"我笑了，承认他说得对，同时心里在想，这句妙语的含义比乍看起来所能见到的要深刻得多。

1827 年 1 月 18 日（席勒的弱点：自由理想害了他）

......

接着我们就完全谈席勒，歌德说了下面的话：

"席勒特有的创作才能是在理想方面，可以说，在德国或外国文学界很少有人能比得上他。他具有拜伦的一切优点，不过拜伦认识世界要比席勒胜一筹。我倒想看见席勒在世时读到拜伦的作品，想知道席勒对于拜伦这样一个在精神上和他自己一致的人会怎样评论。席勒在世时拜伦是否已有作品出版了？"

我犹豫起来，不敢作出确有把握的回答。歌德就取出词典来查阅有关拜伦的一条，边读边插进一些简短的评论，终于发现拜伦在 1807 年以前没有出版什么作品，所以席勒没有来得及读到拜伦的作品。

歌德接着说，"贯串席勒全部作品的是自由这个理想。随着席勒在文化教养上向前迈进，这个理想的面貌也改变了。在他的少年时期，影响他自己的形成而且流露在他作品里的是身体的自由；到了晚年，这就变成理想的自由了。

"自由是一种奇怪的东西。每个人都有足够的自由，只要他知足。多余的自由有什么用，如果我们不会用它？试看这间书房以及通过敞开的门可以看见的隔壁那间卧房，都不很大，还摆着各种家具、书籍、手稿和艺术品，就显得更窄，但是对我却够用了，整个冬天我都住在里面，前厢那些房间，我几乎从来不进去。我这座大房子和我从这间房到其他许多房间的自由对我算得什么，如果我并不需要利用它们？

"一个人如果只要有足够的自由来过健康的生活，进行他本行的工作，这就够了。这是每个人都容易办得到的。我们大家都只能在某种条件下享受自由，这种条件是应该履行的。市民和贵族都一样自由，只要他遵守上帝给他的出身地位所规定的那个界限。贵族也和国王一样自由，他在宫廷上只要遵守某些礼仪，就可以自觉是国王的同僚。自由不在于不承认任何比我们地位高的人物，而在于尊敬本来比我们高的人物。因为尊敬他，我们就把自己提高到他的地位；承认他，我们就表明自己心胸中有高贵品质，配得上和高贵人物平等。

"我在旅游中往往碰到德国北方的商人，他们自认为和我平等，就在餐桌上很鲁莽地挨着我身边坐下来。这种粗鲁方式就说明他们不是和我平等的。但是如果他们懂得怎样尊敬我，怎样对待我，那么，他们就变成和我平等了。

"身体的自由对少年时代的席勒起了那么大的影响，这固然有一部分由

于他的精神性格，大部分却由于他在军事学校所受到的拘束。等到后来他
有了足够的身体自由，他就转向理想的自由。我几乎可以说，这种理想断
送了他的生命，因为理想迫使他对自己提出超过体力所能及的要求。

"自从席勒到魏玛来安家，大公爵就规定每年给他一千元的年金，并且
约定万一他因病不能工作，还可以加倍颁发。席勒拒绝接受加倍的条款，
没有使用过加倍的那部分年金。他说，'我有才能，可以靠自己过活。'到
了晚年，他的家累更重，为了维持生活，他不得不每年写出两部剧本。要
完成这项工作，他往往在身体不好时也被迫一周接着一周、一天接着一天
地写下去。他的才能每个小时都须听他指使。席勒本来不大喝酒，是个很
有节制的人；但是在身体虚弱的时刻，也不得不借喝酒来提精神。这就损
害了他的健康，对他的作品也有害。有些自作聪明的人在席勒作品中所挑
出的毛病，我认为都来源于此。凡是他们认为不妥的段落，我可以称之为
病态的段落，因为席勒在写出那些段落时适逢体力不济，没有能找到恰当
的动力。尽管我很尊敬绝对命令，知道它可以产生很多的好处，可是也不
能走向极端，否则理想自由这种概念一定不能产生什么好处。"

……

1827 年 1 月 29 日（谈贝朗瑞的诗）

今晚七点钟我带着短篇小说手稿和一部贝朗瑞的诗集去见歌德。我看
见他正在和梭勒先生谈论法国文学。……梭勒是在日内瓦出生的，不会说
流利的德语，歌德的法语还说得不坏，所以谈话是用法语进行的，只有在
我插话时才说德语。我从口袋里掏出贝朗瑞诗集递给歌德，他本想重温一
下其中一些卓越的歌。梭勒认为卷首的作者肖像不太像本人。歌德却很高
兴地把这个漂亮的版本接到手里。他说，"这些诗歌都很完美，在这种体裁
中算得上第一流的，特别是每章中的叠句用得好。对于歌这种体裁来说，
如果没有叠句，就不免太严肃、太精巧、太简练了。贝朗瑞经常使我想到
贺拉斯和哈菲兹，这两人也是超然站在各自时代之上，用讽刺和游戏的态
度揭露风俗的腐朽。贝朗瑞对他的环境也抱着同样的态度。但是因为他属

于下层阶级，对淫荡和庸俗不但不那么痛恨，而且还带着一些偏向。"

……

1827 年 4 月 11 日（吕邦斯的风景画妙肖自然而非模仿自然）

……

我们回来了，吃晚饭还太早，歌德趁这时让我看看吕邦斯的一幅风景画，画的是夏天的傍晚。在前景左方，可以看到农夫从田间回家，画的中部是牧羊人领着一群羊走向一座村舍；稍往后一点，右方停着一辆干草车，人们正在忙着装草，马还没套上车，在附近吃草；再往后一点，在草地和树丛里，有些骡子带着小骡在吃草，看来是要在那里过夜。一些村庄和一个小镇市远远出现在地平线上，最美妙地把活跃而安静的意境表现出来了。

我觉得整幅画安排得融贯，显得很真实，而细节也画得惟妙惟肖，就说吕邦斯完全是临摹自然的。

歌德说，"绝对不是，像这样完美的一幅画在自然中是从来见不到的。这种构图要归功于画家的诗的精神。不过吕邦斯具有非凡的记忆力，他脑里装着整个自然，自然总是任他驱使，包括个别细节在内。所以无论在整体还是在细节方面，他都显得这样真实，使人觉得他只是在临摹自然。现在没有人画得出这样好的风景画了，这种感受自然和观察自然的方式已完全失传了。我们的画家们所缺乏的是诗。"

1827 年 4 月 11 日（评莱辛和康德）

……

晚饭后歌德带我到园子里继续谈话。

我说，"关于莱辛，有一点很可注意，在他的理论著作里，例如《拉奥孔》，他不马上得出结论，总是先带着我们用哲学方式去巡视各种意见、反对意见和疑问，然后才让我们达到一种大致可靠的结论。我们体会到的毋宁是他自己在进行思考和搜索，而不是拿出能启发我们思考，使我们具有创造力的那种重大观点和重大真理。"

歌德说，"你说得对。莱辛自己有一次就说过，假如上帝把真理交给他，他会谢绝这份礼物，宁愿自己费力去把它找到。……

"莱辛本着他的好辩的性格，最爱停留在矛盾和疑问的领域，分辨是他当行的本领，在分辨中他最能显出他的高明的理解力。你会看出我和他正相反。我总是回避矛盾冲突，自己设法在心里把疑问解决掉。我只把我所找到的结果说出来。"

我问歌德，在近代哲学家之中他认为谁最高明。

歌德说，"康德，毫无疑问。只有他的学说还在发生作用，而且深深渗透到我们德国文化里。你对康德虽没有下过工夫，他对你也发生了影响。现在你已用不着研究他了，因为他可以给你的东西，你都已经有了。如果你将来想读一点儿康德的著作，我介绍你读《判断力批判》。"

我问歌德是否和康德有过私人来往。

歌德回答说，"没有。康德没有注意到我，尽管我本着自己的性格，走上了一条类似他所走的道路。我在对康德毫无所知的时候就已写出了《植物变形学》，可是这部著作却完全符合康德的教义。主体与客体的区分，以及每一物的存在各有自己的目的，软木生长起来不是只为我们做瓶塞之类的看法，我和康德是一致的，我很高兴在这方面和他站在一起。后来我写了《实验论》，可以看做对主体与客体的批判和主体与客体的中介。

"席勒经常劝我不必研究康德哲学。他常说康德对我不会有用处。但是席勒自己对研究康德却极热心，我也研究过康德，这对我并非没有用处。"……

1827 年 7 月 5 日（拜伦的《唐·璜》；歌德的《海伦后》；知解力和想象的区别）

　　……

　　……这就把话题引到素描。歌德拿意大利一位大师的一幅很好的素描给我看，画的是婴儿耶稣和一些法师在庙里。接着他又让我看一幅按素描作出的绘画的复制品，我们看来看去，一致认为素描更好。

歌德说，"我近来很幸运，没花很多钱就买到一些名画家的很好的素描。这些素描真是无价之宝，它们不仅显示出艺术家们本来的用意，而且立刻让我们感觉到他们在创作时的心情。例如这幅《婴儿耶稣在庙里》，每一笔都使我们看到作者心情的晶明透澈和镇静果断，而且在观赏中感染到这种怡悦的心情。此外，造型艺术还有一个很大便利，它是纯粹客观的，引人入胜，却不过分强烈地激起情感。这种作品摆在面前，不是完全引不起情感，就是引起很明确的情感。一首诗却不然，它所产生的印象模糊得多，所引起的情感也随听众的性格和能力而各有不同。"

我接着说，"我最近在读斯摩莱特的一部好小说《罗德瑞克·兰登》，它给我的印象却和一幅好画一样。它照实描述，丝毫没有卖弄风骚的气息，它把实际生活如实地摆在我们面前，这种生活是够讨人嫌厌的，可是通体来说，给人的印象是明朗的，就因为它的确是真实的。"

歌德说，"我经常听到人称赞这部小说，我相信你的话是对的，不过我自己还没读过。"……

我又说，"在拜伦的作品里我也经常发现把事物活灵活现地描绘出来，在我们内心引起的情绪也正和一位名手素描所引起的一样。特别在他的《唐·璜》里有很多这样的例子。"

歌德说，"对，拜伦在这方面是伟大的，他的描绘有一种信手拈来、脱口而出的现实性，仿佛是临时即兴似的。我对《唐·璜》知道得不多，但他的其他诗中有一些片段是我熟记在心的，特别是在他写海景的诗里间或出现一片船帆，写得非常好，使人觉得仿佛海风在荡漾。"

我说，"我特别欣赏他在《唐·璜》里描绘伦敦的部分。那里信手拈来的诗句简直就把伦敦摆在我们眼前。他丝毫不计较题材本身是否有诗意，抓到什么就写什么，哪怕是理发店窗口挂的假发或给街灯上油的工人。"

歌德说，"我们德国美学家们大谈题材本身有没有诗意，在某种意义上他们也许并非一派胡说，不过一般说来，只要诗人会利用，真实的题材没有不可以入诗或非诗性的。"

……

我说，"……我对拜伦的作品读得愈多，也就愈惊赞他的伟大才能。您在《海伦后》里替拜伦树立了一座不朽的爱情纪念坊，您做得很对。"

歌德说，"除掉拜伦以外，我找不到任何其他人可以代表现代诗。拜伦无疑是本世纪最大的有才能的诗人，他既不是古典时代的，也不是浪漫时代的，他体现的是现时代。我所要求的就是他这种人。他具有一种永远感不到满足的性格和爱好斗争的倾向，这就导致他在密梭龙基丧生，因此用在我的《海伦后》里很合适。就拜伦写一篇论文既非易事，也不合适，我想抓住一切恰当时机，去向他表示尊敬和怀念。"

既然谈到《海伦后》，歌德就接着谈下去。他说，"这和我原来对此诗所设想的结局完全不同，我设想过各种各样的结局，其中有一种也很好，现在不必告诉你了。当时发生的事件才使我想到用拜伦和密梭龙基作为此诗的结局，于是把原来的其他设想都放弃了。不过你会注意到，合唱到了挽歌部分就完全走了调子。此前整个气氛是古代的，还没有抛弃原来的处女性格，到了挽歌部分，它就突然变得严肃地沉思起来，说出原来不曾想到也不可能想到的话来了。"

我说，"我当然注意到了这一点。不过我从吕邦斯的风景画里所用的双重阴影理解到虚构的意义，我对此就不觉得奇怪了。这类小矛盾只要能构成更高的美，就不必去吹毛求疵。挽歌是要唱的，既然没有男合唱队在场，那也就只得让处女们去唱了。"

歌德笑着说，"我倒想知道德国批评家们对此会怎么说，他们有足够的自由精神和胆量去绕过这个弯子么？对法国人来说，知解力是一种障碍，他们想不到想象有它自己的规律，知解力对想象的规律不但不能而且也不应该去窥测。想象如果创造不出对知解力永远是疑问的事物来，它就做不出什么事来了。这就是诗和散文的分别。在散文领域里起作用的一向是，而且也应该是，知解力。"

这时已到十点钟，我就告别了。我们座谈时一直没有点烛，夏夜的亮光从北方照到魏玛附近的厄脱斯堡。

1829 年 3 月 23 日（歌德和席勒的互助与分歧）

……

我们谈到席勒的书信、他和歌德在一起过的生活以及两人每天在工作中互相促进的情况。我说，"就连对《浮士德》，席勒好像也很感兴趣。看到他怎样敦促你，怎样受他自己的思想驱遣，想由他自己来替《浮士德》作续篇，倒顶有意思。我由此看出他的性格有点急躁。"

歌德说，"你说得对。他和一切太爱从观念出发的人一样，从来不肯安静，从来没有个完，从他那些有关《威廉·麦斯特》的书信，你就可以看出他时而主张这样改，时而又主张那样改。我总要费些周折，才能坚持自己的立场，不要使他的作品或我的作品受到这种影响。"

我说，"我今天上午在读席勒的《印第安人的丧歌》，写得顶好，我很喜欢。"

歌德说，"你看，席勒是个多么伟大的艺术家，他也会掌握客观方面，只要这客观方面是作为掌故或传说而摆在他眼前的。那篇《印第安人的丧歌》确实是他的诗中最好的一篇，我只盼望他写上十来篇这样的诗。可是他最亲近的朋友们对这篇诗却进行挑剔，认为没有充分表现出他的理想性，这一点你该想象不到吧？是呀，我的好小伙子，一个人总难免受到朋友的挑剔呀！韩波尔特挑剔过我的窦绿台，因为她在受到士兵袭击时居然拿起武器来和他们搏斗。她在当时那种情境中这样做是正确的。如果没有这一点特色，这位非凡的少女的性格就会遭到破坏，降低到一个平凡人的水平。你在将来的生活中会越来越看得清楚，很少有人能坚持把立足点摆在必然的道理上；一般人都只能赞赏和创作出符合自己要求的东西，刚才提到的还是第一流人物，至于大众的意见如何，就可想而知了。你由此可以想象到，我们这种人永远是孤立的。

"假如我没有造型艺术和自然科学的基础，我面对这个恶劣时代及其每天都产生的影响，就很难立定脚跟，不屈服于这些影响。幸好造型艺术和自然科学的基础保护了我，我也可以从这方面帮助席勒。"

1829 年 4 月 7 日（拿破仑摆布世界像弹钢琴；他对《少年维特》的重视）

……

歌德说，"……我在读《拿破仑征埃及记》，这是天天随从他的布里安写的。……可以看出，拿破仑之所以进行这次远征，是因为这段时期他在法国没有什么能使自己成为统治者的事可干。他起初还拿不定主意，曾到大西洋法国海港检阅军舰，看看可不可以去征英格兰。他看出这不行，于是决定去征埃及。"

我说，"我感到惊赞的是拿破仑当时那样年轻，却能那样轻易地、稳当地在世界大事中扮演要角，仿佛他早有多年实践经验似的。"

歌德说，"亲爱的孩子，那是伟大能人的天生资禀。拿破仑摆布世界，就像洪默尔摆布他的钢琴一样。这两人的成就都使我们惊奇，我们不懂其中奥妙，可是事实摆在眼前，确实如此。拿破仑尤其伟大，因为他在任何时候都是一样。无论在战役前还是在战役中，也无论是战胜还是战败，他都一样坚定地站着，对于他要做的事既能看得很清楚，又能当机立断。在任何时候他都胸有成竹，应付裕如，就像洪默尔那样，无论演奏的是慢板还是快板，是低调还是高调。凡是真正的才能都显出这种灵巧，无论在和平时期的艺术中还是在军事艺术中，无论是面对钢琴还是站在大炮后面。"

……

歌德接着很高兴地说，"可是你得向我致敬。拿破仑在行军时携带的书籍中有什么书？有我的《少年维特》！"

我说，"从他在埃尔富特那次接见中可以看出，他对《少年维特》是仔细研究过的。"

歌德说，"他就像刑事法官研究证据那样仔细研究过。他和我谈到《少年维特》时也显出这种认真精神。布里安在他的著作里把拿破仑带到埃及的书开列了一个目录，其中就有《少年维特》。这个目录有一点值得注意，所带的书用不同的标签分了类。例如在政治类里有《旧约》、《新约》和《古兰经》，由此可知拿破仑是怎样看待宗教的。"

1830 年 1 月 31 日（谈弥尔顿的《参孙》）

在歌德家吃饭。我们谈到弥尔顿。歌德说，"不久以前，我读过他的《参孙》。这部悲剧在精神上比任何近代诗人的作品都更能显出希腊古典风格。他是很伟大的。他自己的失明是一个便利条件，使他能把参孙的情况描绘得很真实。弥尔顿真正是个诗人，我们对他应该表示最高的崇敬。"

1830 年 2 月 3 日（回忆童年的莫扎特）

在歌德家吃晚饭。我们谈起莫扎特。歌德说，"莫扎特还是六岁的小孩时我见过他。他在巡回演奏。我自己当时大约是十四岁。他那副鬈发佩剑的小大人的模样我还记得很清楚。"……

1831 年 1 月 17 日（评《红与黑》）

……

我们谈到《红与黑》，歌德认为这是司汤达的最好作品。

他补充说，"不过我不能否认他的一些女角色浪漫气息太重。尽管如此，她们显示出作者的周密观察和对心理方面的深刻见解，所以我们对作者在细节方面偶有不近情理之处是可以宽恕的。"

1831 年 6 月 27 日（反对雨果在小说中写丑恶和恐怖）

我们谈到雨果。歌德说，"他有很好的才能，但是完全陷入当时邪恶的浪漫派倾向，因而除美的事物之外，他还描绘了一些最丑恶不堪的事物。我最近读了他的《巴黎圣母院》，真要有很大的耐心才忍受得住我在阅读中所感到的恐怖。没有什么书能比这部小说更可恶了！即使对人的本性和人物性格的忠实描绘可能使人感到一点儿乐趣，那也不足以弥补读者所受的苦痛。何况这部书是完全违反自然本性，毫不真实的！他写的所谓剧中角色都不是有血有肉的活人，而是一些由他任意摆布的木偶。他让这些木偶作出种种丑脸怪相，来达到所指望的效果。这个时代不仅产生这样的坏书，让它出版，而且人们还觉得它不坏，读得津津有味，这究竟是一个什么样的时代啊！"

1831 年 12 月 1 日（评雨果的多产和粗制滥造）

接着我们谈到雨果，认为他过度多产，对他的才能起了损害作用。

歌德说，"他那样大胆，在一年之内居然写出两部悲剧和一部小说，这怎么能不越写越坏，糟蹋了他那很好的才能呢！而且他像是为挣得大批钱而工作。我并不责怪他想发财和贪图眼前的名声，不过他如果指望将来长享盛名，就得少写些，多做些工作才行。"

歌德接着就分析《玛利安·德洛姆》，让我明白所用的题材只够写一幕真正好的悲剧性的台词，但是作者出于某种次要的考虑，竟错误地把它拉成冗长的五幕。歌德说，"在这种情况下，我们只能看出一个优点，就是作者对描绘细节很擅长，这当然还是一种不应小看的成就。"

第七章

生活、学习与道德修养

　　在这一章所选的谈话篇目中，歌德像一位循循善诱的智者和导师，从生活、学习与道德修养等各方面向我们娓娓道来，给我们以智慧的启迪和心田的滋养。

魏玛，1823 年 6 月 10 日（初次会见）

我来这里已有几天了，今天第一次访问歌德，他很热情地接待了我。我对他的印象很深刻，我把这一天看做我生平最幸福的一天。

　　昨天我去探问，他约我今天十二点来见他。我按时去访问。他的仆人正等着引我去见他。

　　房子内部给我的印象很愉快，不怎么豪华，一切都很高雅和简朴。陈列在台阶上的那些复制的古代雕像，显出歌德对造型艺术和古希腊的爱好。我看见底楼一些内室里妇女们来来往往地忙着。有一个漂亮的小男孩，是歌德的儿媳妇奥提丽的孩子，他不怕生，跑到我身边来，瞪着大眼瞧我的面孔。

　　我向四周瞟了一眼。仆人打开一间房子的门，我就跨过上面嵌着"敬礼"字样的门槛，这是我会受到欢迎的预兆。仆人引我穿过这间房，又打开另一间较宽敞的房子，叫我在这里等一会儿，等他进去报告主人我已到了。这间房子很凉爽，地板上铺着地毯，陈设着一张深红色长沙发和几张深红色椅子，显得很爽朗。房里一边摆着一架钢琴，壁上挂着各色各样的绘画和素描。通过对面敞开着的门，可以看见里面还有一间房子，壁上也挂着一些画。仆人就是穿过这间房子进去报告我已来到。

不多一会儿歌德就出来了，穿着蓝上衣，还穿着正式的鞋。多么崇高的形象啊！我感到突然一惊。不过他说话很和蔼，马上消除了我的局促不安。我和他一起坐在那张长沙发上。他的神情和仪表使我惊喜得说不出话来，纵然说话也说得很少。

他一开头就谈起我请他看的手稿说，"我是刚放下你的手稿才出来的。整个上午我都在阅读你这部作品，它用不着推荐，它本身就是很好的推荐。"他称赞我的文笔清楚，思路流畅，一切都安放在坚牢的基础上，是经过周密考虑的。他说，"我很快就把它交出去，今天就写信赶邮班寄给柯达，明天就把稿子另包寄给他。"我用语言和眼光表达了我的感激。

接着我们谈到我的下一步的旅行。我告诉他我的计划是到莱茵区找一个适当的住处，写一点儿新作品，不过我想先到耶拿，在那里等候柯达先生的回信。

歌德问我在耶拿有没有熟人，我回答说，我希望能和克涅伯尔先生建立联系。歌德答应写一封介绍信给我随身带去，保证我会受到较好的接待。

接着歌德对我说，"这很好，你到了耶拿，我们还是近邻，可以随便互访或通信。"

我们在安静而亲热的心情中在一起坐了很久。我触到他的膝盖，依依不舍地看着他，忘记了说话。他的褐色面孔沉着有力，满面皱纹，每一条皱纹都有丰富的表情！他的面孔显得高尚而坚定，宁静而伟大！他说话很慢，很镇静，令我感到面前仿佛就是一位老国王。可以看出他有自信心，超然于世间毁誉之上。接近他，我感到说不出的幸福，仿佛满身涂了安神油膏，又像一个备尝艰苦，许多长期的希望都落了空的人，终于看到自己最大的心愿获得了满足。

接着他提起我给他的信，说我说得对，一个人只要能把一件事说得很清楚，他也就能把许多事都说得清楚。他说，"不知道这种能力怎样由此及彼地转化，"接着他告诉我，"我在柏林有很多好朋友。这几天我正在考虑替你在那里想点儿办法。"

他高兴地微笑了，接着他指示我这些日子在魏玛应该看些什么，答应请克莱特秘书替我当向导。他劝我特别应去看看魏玛剧院。他问了我现在的住址，说想和我再晤谈一次，找到适当的时间就派人来请。

我们很亲热地告别了。我感到万分幸福。他的每句话都表现出慈祥和对我的爱护。

1823 年 6 月 19 日（给爱克曼写介绍信到耶拿）

我本来打算今天去耶拿。但是昨天歌德劝我在魏玛住到星期天，搭邮车去。他昨天替我写了几封介绍信，其中有一封是给弗洛曼一家人的。他告诉我，"这家人所交游的人会使你满意。我在他们那里参加过许多愉快的晚会。姜·保罗、蒂克、史雷格尔兄弟以及其他德国名人都到过那里，都感到很愉快。就是到现在，那里还是学者、艺术家和其他知名人士经常聚会的场所。过几星期之后，请写信让我知道你的情况，对耶拿的观感如何，信寄到玛冉巴特，我已吩咐我的儿子当我不在家时要常去看望你。"

歌德对我这样细心照顾，使我非常感激。我从一切方面都感到歌德待我如家人，将来也还会如此。我因此感到幸福。

1824 年 2 月 24 日（学习应从实践出发）

今天午后一点钟去看歌德……他对我说，"你趁着写那篇评论的机会研究了一番印度情况，你做得很对，因为我们对自己学习过的东西，归根到底，只有能在实践中运用得上的那一部分才记得住。"

我表示赞同，告诉他说，我过去在大学里也有过这样的经验，对于教师在讲课时所说的话，只记住了按我的实践倾向可以用得上的那一部分，凡是我不能在实践中运用的东西我全忘了。我说，我过去听过赫雍的古今历史课，到现在对此已一无所知了。但是如果为着写剧本我去研究某一时期的历史，我学过的东西就记得很牢固了。

歌德说，"一般地说，他们在学校里教的东西太多了，太多了，而且是些无用的东西。一些个别的教师把所教的那门课漫无边际地铺开，远远超出听课者的实际需要。在过去，化学和植物学的课都属于医科，由一位医生去教就行了。现在这些课目都已变成范围非常广泛的学问，每一门都要用毕生精力来学，可是人们还期望一个医生对这两门都熟悉！这种办法毫无好处；一个人不能骑两匹马，骑上这匹，就要丢掉那匹。聪明人会把凡是分散精力的要求置之度外，只专心致志地去学一门，学一门就要把它学好。"

……

1824 年 5 月 2 日（谈社交）

歌德责怪我没有去访问这里一个有声望的人家。他说，"在这一冬里，你本可以在那家度过许多愉快的夜晚，结识一些有趣的陌生人。不知由于什么怪脾气，你放弃了这一切。"

……

我说，"我通常接触社会，总是带着我个人的爱好和憎恨以及一种爱和被爱的需要。我要找到生性和我融洽的人，可以和他结交，其余的人和我无关。"

歌德回答说，"你这种自然倾向是反社会的。文化教养有什么用，如果我们不愿用它来克服我们的自然倾向？要求旁人都合我们的脾气，那是很愚蠢的。我从来不干这种蠢事。我把每个人都看做一个独立的个人，可以让我去研究和了解他的一切特点，此外我并不向他要求同情共鸣。这样我才可以和任何人打交道，也只有这样我才可以认识各种不同的性格，学会为人处世之道。因为一个人正是要跟那些和自己生性相反的人打交道，才能和他们相处，从而激发自己性格中一切不同的方面使其得到发展完成，很快就感到自己在每个方面都达到成熟。你也该这样办。你在这方面的能力比你自己所想象的要大，过分低估自己是毫无益处的，你必须投入广大的世界里，不管你是喜欢还是不喜欢它。"

我细心听取了这番忠告，决定尽可能地照着办。

……

1825 年 1 月 10 日（谈学习外语）

由于对英国人民极感兴趣，歌德要我把几个在魏玛的英国青年介绍给他。今天下午五点左右，他等候我陪同英国工程官员 H 先生来见他。前此我曾在歌德面前称赞过这位 H 先生。我们准时到了，仆人把我们引进一间舒适温暖的房子，歌德在午后和晚间照例住在这里。桌上点着三支烛，他本人不在那里，我们听见他在隔壁沙龙里说话的声音。

H 先生巡视了一番，除画幅以外，还看到墙上挂着一张山区大地图和一个装满文件袋的书橱。我告诉他，袋里装的是许多出于名画家之手的素描以及各种画派杰作的雕版仿制品。这些是长寿的主人毕生逐渐搜藏起来的，他经常取出来观赏。

等了几分钟，歌德就来到我们身边，向我们表示欢迎。他向 H 先生说，"我用德文和你谈话，想来你不见怪，因为听说你的德文已经学得很好了。"H 先生说了几句客气话，歌德就请我们坐下。

H 先生的风度一定给了歌德很好的印象，因为歌德今天在这位外宾面前所表现的慈祥和蔼真是很美。他说，"你到我们这里来学德文，做得很对。你在这里不仅会很容易地、很快地学会德文，而且还会认识到德文基础的一些要素，这就是我们的土地、气候、生活方式、习俗、社交和政治制度，将来可以把这些认识带回到英国去。"

H 先生回答说，"现在英国对德文都很感兴趣，而且日渐普遍起来了，家庭出身好的英国青年没有一个不学德文。"

歌德很友好地插话说，"我们德国人在这方面比贵国要先进半个世纪哩。五十年来我一直在忙着学英国语文和文学，所以我对你们的作家以及贵国的生活和典章制度很熟悉。如果我到英国去，不会感到陌生。

"但是我已经说过，你们年轻人到我们这里来学我们的语文是做得对的。因为不仅我们德国文学本身值得学习，而且不可否认，如果把德文学好，许多其他国家的语文就用不着学了。我说的不是法文，法文是一种社交语言，特别在旅游中少不了它。每个人都懂法文。无论到哪一国去，只要懂得法文，它就可以代替一个很好的译员。至于希腊文、拉丁文、意大利文和西班牙文，这些国家的优秀作品你都可以读到很好的德文译本。除非你有某种特殊需要，你用不着花时间和精力去学习这几种语文。德国人按生性就恰如其分地重视一切外国东西，并且能适应外国的特点。这一点连同德文所具有的很大的灵活性，使得德文译文对原文都很忠实而且完整。不可否认，靠一种很好的译文一般可以学到很多的东西。弗里德里希大帝不懂拉丁文，可是他根据法文译文读西塞罗，并不比我们根据原文阅读来得差。"

接着话题转到戏剧，歌德问 H 先生是否常去看戏。H 先生回答说，"每晚都去看，发现看戏对了解德文大有帮助。"歌德说，"很可注意的是，听觉和一般听懂语言的能力比会说语言的能力要先走一步，所以人们往往很快就学会听懂，可是不能把所懂得的都说出来。"H 先生就说，"我每天都发现这话是千真万确的。凡是我听到和读到的，我都懂得很清楚，我甚至能感觉到在德文中某句话的表达方式不正确。只是张口说话时就堵住了，不能正确地把想说的说出来。在宫廷里随便交谈，在舞会上闲聊以及和妇女们说笑话之类场合，我还很行。但是每逢想用德文就某个较大的题目发表一点儿意见，说出一点儿独特的显出才智的话来，我就不行了，说不下去了。"歌德说，"你不必灰心，因为要表达那类不寻常的意思，即使用本国语言也很难。"

歌德接着问 H 先生读过哪些德国文学作品，他回答说，"我读过《哀格蒙特》，很喜爱这部书，已反复读过三遍了。《托夸多·塔索》也很使我感到乐趣。现在在读《浮士德》，但是觉得有点儿难。"听到这句话，歌德笑起来了。他说，"当然，我想我还不曾劝过你读《浮士德》呀。那是一部怪书，超越了一切寻常的情感。不过你既然没有问过我就自动去读它，你也许会看出你怎样能走过这一关。浮士德是个怪人，只有极少数人才会对他的内心生活感到同情共鸣。梅菲斯特的性格也很难理解，由于他的暗讽态度，也由于他是广阔人生经验的生动的结果。不过你且注意看这里有什么光能照亮你。至于《塔索》，却远为接近一般人情，它在形式上很鲜明，也较易于了解。"H 先生说，"可是在德国，人们认为《塔索》很难，我告诉人家我在读《塔索》，他们总表示惊讶。"歌德说，"要读《塔索》，主要的一条就是读者已不是一个孩子，而是和上等社会有过交往的。一个青年，如果家庭出身好，常和上层社会中有教养的人来往，养成了一种才智和良好的风度仪表，他就不会感到《塔索》难。"

话题转到《哀格蒙特》时，歌德说，"我写这部作品是在 1775 年，已是五十年前的事了。当时我力求忠于史实，想尽量真实。十年之后，我在罗马从报纸上看到，这部作品中所写的关于荷兰革命的一些情景已丝毫不差地再度出现了。我由此看出世界并没有变，而我在《哀格蒙特》里的描绘是有一些生命的。"

经过这些谈话，看戏的时间已经到了，我们就站起来，歌德很和善地让我们走了。

1825 年 4 月 20 日（学习先于创作；集中精力搞专业）

歌德今晚让我看了一位青年学生的来信，他要求歌德把《浮士德》下卷的提纲给他，因为他有意替歌德写完这部作品。他直率地、愉快地、诚恳地陈述了自己的愿望和意见，最后大言不惭地说，目前所有其他人在文学上的努力都一文不值，而在他自己身上，一种新文学却要开花吐艳了。

……

歌德说，"国家的不幸在于没有人安居乐业，每个人都想掌握政权；文艺界的不幸在于没有人肯欣赏已经创作出的作品，每个人都想由他自己来重新创作。此外，没有人想到在研究一部诗作中求得自己的进步，每个人都想马上也创作出一部诗来。

"此外，人们不认真对待全局，不想为全局服务，每个人只求自己出风头，尽量在世人面前露一手。到处都可以看到这种错误的企图。人们在仿效新近的卖弄技巧的音乐家，不选择使听众获得纯粹音乐享受的曲调来演奏，只选择那种能显示演奏技巧的曲调去博得听众喝彩。到处都是些想出风头的个人，看不见为全局和事业服务而宁愿把自己摆在后面的那种忠诚的努力。

"因此，人们不知不觉地养成了马马虎虎的创作风气。人们从儿童时代起就已在押韵作诗，做到少年时代，就自以为大有作为，一直到了壮年时期，才认识到世间已有的作品多么优美，于是回顾自己在已往年代里浪费了精力，走了些毫无成果的冤枉路，不免灰心丧气。不过也有许多人始终认识不到完美作品的完美所在，也认识不到自己作品的失败，还是照旧马马虎虎地写下去，写到老死为止。

"如果尽早使每个人都学会认识到世间有多么大量的优美的作品，而且认识到如果想做出能和那些作品媲美的作品来，该有多少工作要做，那么，现在那些作诗的青年，一百个人之中肯定难找到一个人有足够的勇气、恒心和才能，来安安静静地工作下去，争取达到已往作品的那种高度优美。有许多青年画家如果早就认识和理解到像拉斐尔那样的大师的作品究竟有什么特点，那么，他们也早就不会提起画笔来了。"

话题转到一般错误的志向，歌德接着说：

"我过去对绘画艺术的实践志向实在是错误的，因为我在这方面缺乏有发展前途的自然才能。对周围自然风景我原来也有一定的敏感，所以我早年的绘画尝试倒是有希望的。意大利之游毁坏了我作画的乐趣。取而代之的是一种广泛的阅览，可爱的娴熟手腕就一去不复返了。我既然不能从技巧和美感方面发展艺术才能，我的努力就化为乌有了。"

歌德接着说，"有人说得很对，人的才能最好是得到全面发展，不过这不是人生来就可以办到的。每个人都要把自己培养成为某一种人，然后才设法去理解人类各种才能的总和。"

听到这番话，我就想起《威廉·麦斯特》里有一段也说，"世上所有的人合在一起才组成人类，我们只能关心我们懂得赏识的东西。"我还想到

《漫游时代》里的雅诺劝每个人只学一门专业，他说现在是要片面性的时代，既懂得这个道理而又按照这个道理为自己和旁人进行工作的人，是值得庆贺的。

这里有一个问题：一个人该选择什么专业才既不越出自己的能力范围，又不致做得太少呢？

一个人的任务如果在监督许多部门，要进行判断和领导，他就应该对许多部门都力求获得尽可能深刻的见识。例如一个领袖或未来的政治家在教养方面就不怕过分的多面性，因为他的专业正需要多面性。

诗人也应力求获得多方面的知识，因为整个世界都是他的题材，他对这种题材要懂得如何处理和如何表达。

但是一个诗人不应设法当一个画家，他只要能通过语言把世界反映出来，就该心满意足了，正如他把登台表演留给演员去干一样。

见识和实践才能要区别开来，应该想到，每种艺术在动手实践时都是艰巨的工作，要达到纯熟的掌握都要费毕生的精力。

所以歌德虽力求多方面的见识，在实践方面却专心致志地从事一种专业。在实践方面他真正达到纯熟掌握的只有一门艺术，那就是用德文写作的艺术。至于他所表达的题材是多方面的自然，那又是另一回事了。

教养和实践活动也应该区别开来。诗人的教养要求把眼睛多方训练到能掌握外界事物。歌德虽然说他对绘画的实践志向是错误的，但是这对于训练他成为诗人还是有益的。

歌德说过，"我的诗所显示的客观性要归功于上面说的极端注意眼睛的训练。所以我十分重视从眼睛训练方面获得的知识。"

不过我们要当心，不要把教养的范围弄得太广阔。

歌德说过，"自然科学家们最容易犯这种范围太广的毛病，因为研究自然正要求协调的广泛的教养。"

但是另一方面，每个人对他那一专业所必不可少的知识也应努力避免狭隘和片面。

写剧本的诗人应该有舞台方面的知识，才能衡量他可以利用的手段，尤其是知道什么事该做，什么事不该做。为歌剧作曲的人也应该懂诗，才能分别好坏，不致用不合适的东西来糟蹋他那门艺术。

歌德说过，"韦伯不该作《欧里扬特》那部乐曲，他应该很快就看出所用的题材很坏，做不出好东西来。我们应该要求每个作曲家把懂诗当做他那门艺术所应有的前提。"

画家也应有区别题材的知识，因为他那门艺术也要求他懂得什么该画和什么不该画。

歌德说过，"说到究竟，最大的艺术本领在于懂得限制自己的范围，不旁驰博骛。"

因此，自从我和歌德接近以来，他一直要我提防一切分心的事，经常力求把精力集中在一门专业上。如果我表现出一点儿研究自然科学的兴趣，他总是劝我莫管那些闲事，目前且专心致志地在诗方面下工夫。如果我想读一部他认为对我的专业没有帮助的书，他也总是劝我不要读，说它对我毫无实用。

他有一天对我说，"我自己在许多不属于我本行的事物上浪费了太多的时间。我一想到维迦写了多少剧本，就觉得自己写的诗作实在太少了。我本来应该更专心搞自己的本行才对。"

另一回，他又说，"假如我没有在石头上费过那么多的工夫，把时间用得节省些，我就很可能把最珍贵的金刚钻拿到手了。"

由于这个原因，他钦佩和称赞他的朋友迈尔，说他毕生专心致志地研究艺术，所以在这方面具有公认为最高的卓越见识。

歌德说，"我也很早就有研究艺术的志向，差不多花了半生光阴去观赏研究艺术作品。但是在某些方面我比不上迈尔，所以我每逢得到一幅新画，不马上请迈尔鉴定，先要自己细看一番，得出自己的看法。等到我自信已把画的优点和缺点都看到了，才把画拿给迈尔看。迈尔比我看到的当然深刻得多，在许多地方他看出我没有看到的东西。这样我就日益看出在哪一门专业中说得上有伟大成就意味着什么，要费多大工夫才能达到。迈尔所具有的是对整整几千年艺术的深刻见解。"

1827 年 1 月 15 日（宫廷应酬和诗创作的矛盾）

……

我把话题转到《浮士德》第二部，特别是《古典的巫婆集会之夜》那一幕。这一幕才打了一个草稿。歌德过去告诉我说他有意就拿草稿付印，我曾不揣冒昧，劝阻了他，因为我恐怕一旦付印，这一幕就会永远以未定稿的形式保存下去。歌德一定已考虑过这个问题，因为今晚一见面他就告诉我，他已决定不拿草稿付印了。我说，"这使我很高兴，因为现在还可以希望您把它写完。"歌德说，"写完要三个月，哪里找得到一段安静的时间呢！白天要求我做的杂事太多，很难让我把自己和外界隔开，来过孤寂的生活。今早大公爵的大公子呆在我这里，大公爵夫人又约好明天正午来看我。我得珍视这种访问，把它看做一种大恩惠，它点缀了我的生活，但是也要干扰我的诗兴，我必须揣摩着经常拿点什么新东西来摆在这些高贵人物面前，怎样款待他们才和身份相称。"

我说，"不过去年冬天你还是把《海伦后》一幕写完了，当时外界对你的干扰并不比现在少。"

歌德回答说，"现在也还能写下去，而且必须写下去，不过有些困难。"

我说，"幸好您已有了一个很详细的纲要。"

歌德说，"纲要固然是现成的，只是最难的事还没有做，在完成写作的过程中，一切都还要碰运气。《古典的瓦尔普吉斯之夜》必须押韵，可是全幕都还须带有古希腊诗的性格。要找出适合这种诗的一种韵律实在不容易；而且还有对话！"

我就问："这不是草稿里都已有的东西吗？"

歌德说，"已有的只是什么（das Was），而不是如何（das Wie）。请你只试想一下，在那样怪诞的一夜里所发生的一切应如何用语言表达出来！例如浮士德央求阴间皇后把海伦交给他，该说什么样的话，才能使阴间皇后自己也感动得流泪！这一切是不容易做到的，多半要碰运气，几乎要全靠下笔时一瞬间的心情和精力。"

1827 年 4 月 1 日（学习伟大作品的作用）

……

话题接着转到一般剧作家及其对人民大众所已起或能起的重要影响。

歌德说，"一个伟大的戏剧体诗人如果同时具有创造才能和内在的强烈而高尚的思想情感，并把它渗透到他的全部作品里，就可以使他的剧本中所表现的灵魂变成民族的灵魂。我相信这是值得辛苦经营的事业。高乃依就起了能培育英雄品格的影响。这对于需要有一个英雄民族的拿破仑是有用的，所以提到高乃依时他说过，如果高乃依还在世，他就要封他为王。所以一个戏剧体诗人如果认识到自己的使命，就应孜孜不倦地工作，精益求精，这样他对民族的影响就会是造福的、高尚的。

"我们要学习的不是同辈人和竞争对手，而是古代的伟大人物。他们的作品从许多世纪以来一直得到一致的评价和尊敬。一个资禀真正高超的人就应感觉到这种和古代伟大人物打交道的需要，而认识这种需要正是资禀高超的标志。让我们学习莫里哀，让我们学习莎士比亚，但是首先要学习古希腊人，永远学习希腊人。"

……

1827 年 7 月 25 日（歌德接到瓦尔特·司各特的信）

歌德最近接到瓦尔特·司各特的一封信，感到很高兴。今天他把这封信拿给我看，因为英文书法他不大认得清楚，就叫我把信的内容译出来。他像是先写过信给这位著名的英国诗人，而这封信就是答复他的。司各特写道：

> 我感到很荣幸，我的某些作品竟有幸受到歌德的注意，我从1798 年以来就是歌德的赞赏者之一。当时我对德文虽然懂得很肤浅，却够大胆地把《葛兹·封·伯利欣根》译成英文了。在这种

幼稚的尝试中，我忘记了只感觉到一部天才作品的美并不够，还要精通作品所用的语文才能把作品的美显示给旁人看。不过我还是认为我的幼稚尝试有点儿价值，它至少可以显示出我能选择一部值得称赞的作品来译。

我曾从我的女婿洛克哈特那里听到关于您的情况。这位年轻人有些文学才能，他在和我家结成亲属关系之前几年，就已荣幸地拜访过德国文学之父了。您不可能记得那么多向您致敬者之中的每一个人，但是我相信，我的家庭中这个年轻成员比任何人都更敬仰您。

我的朋友品克的霍浦爵士不久以前本来有访问您的荣幸，我原想通过他写信给您，我后来又想通过预定要到德国去旅行的他的两位亲戚带信给您，可是他们因病未能成行，以致过了两三个月才把信退还给我。所以老早以前，还在歌德那样友好地向我致意以前，我就已冒昧地设法结识他了。

凡是赞赏天才的人们知道一位最大的欧洲天才典范在高龄受到高度崇敬，在享受幸福而光荣的退隐生活，都会感到非常欣慰。可怜的拜伦勋爵的命运却没有让他获得这样的幸运，而是在盛年就剥夺了他的生命，使一切对他的希望和期待都落了空。他生前对您给他的荣誉曾感到荣幸，对一位诗人深怀感激，而对这位诗人，现代一切诗人都深怀感激，感到自己不得不用婴儿的崇敬心情来仰望着他。

我已冒昧地托特劳伊特尔和伍尔茨图书公司把我为一位值得注意的人物所试写的传记寄给你，这位人物多年来对他统治过的世界起过大得可怕的影响。我不知道我自己是否有应当感谢他的地方，因为他使得我拿起武器打了十二年的仗，当时我在一个英国民兵团服役，尽管长期跛腿，我还是变成了一个骑马、打猎和射击的能手。这些好手艺近来有些离开我了，而风湿病这种北方天气的祸害已侵袭到我的肢腿了。不过我并不抱怨，因为我虽放弃了骑射，却看到儿子们正在从骑射中找得乐趣。

我的长子现在掌管着一个轻骑兵连，这对于一个二十五岁的青年人总是够高的地位了。我的次子最近在牛津大学得了文学士的学位，在他走进世界以前，先在家里待几个月。由于老天爷乐意要他们的母亲抛开人世，我最小的女儿在管理家务。最大的女儿结了婚，已有她自己的家庭了。

承垂询到我，我的家庭情况就是如此。此外，尽管曾遭受过巨大损失，我还有足够的家资使我生活得很称意。我承继了一座宏大的老邸宅，歌德的任何朋友来这里会随时受到欢迎。大厅里摆满了武器，这甚至配得上雅克斯特豪生，还有一只猎犬守着大门。

不过我忘记了在世时曾多方努力使人们不要忘记他的那一位。我希望您能原谅这部作品中的一些毛病，考虑到作者本意是想在他的岛国成见所能容许的范围内尽量忠诚地描述这位非凡人物。

这次一位游客提供我写信给您的机会来得很突然，也很偶然，他不能等，我没有时间再写下去了。我只能祝愿您保持健康和休养，向您表示最诚恳、最深厚的敬意！

瓦尔特·司各特

一八二七年七月九日，爱丁堡

我已说过，歌德看到这封信很高兴。不过他认为这封信对他表示那样的高度崇敬，是由于作者的爵位和高度文化教养使他这样有礼貌。

他提到瓦尔特·司各特那样和蔼亲切地谈他的家庭情况，这显示出兄弟般的信任，使他很高兴。

他接着说，"我急于想看到他答应寄来的《拿破仑传》。我已听到许多对这部书的反驳和强烈抗议，我敢说它无论如何是值得注意的。"

我问到洛克哈特，问他是否还记得这个人。

歌德回答说，"还记得很清楚，他的风度给人不会很快就能忘掉的深刻印象。从许多英国人乃至我的儿媳谈到他的话来看，他一定是一个在文学方面有很大希望的青年人。

"此外我感到有些奇怪，司各特没有一句提到卡莱尔的话，卡莱尔对德国文化有浓厚的兴趣，司各特一定知道他。

"卡莱尔值得钦佩的是，在评判我们德国作家时他总是特别着眼到精神的和伦理的内核，把它看做真正起作用的因素。卡莱尔是一种有重大意义的道德力量，他有许多预兆未来的东西，现在还不能预见到他会产生什么结果或发生什么影响。"

1827 年 10 月 7 日（访耶拿；谈弗斯和席勒；谈梦和预感；歌德少年时代一段恋爱故事）

今晨天气顶好。八点钟以前我就陪歌德乘马车到耶拿去，他打算在耶拿待到明晚。

到达耶拿还很早，我们就先到植物园。歌德浏览了园里的草木，看到一切井然有序，欣欣向荣。我们还观看了矿物馆以及其他自然科学方面的收藏，然后就应邀乘车到克涅伯尔先生家吃晚饭。

克涅伯尔先生很老了，走到门口去拥抱歌德时几乎跌倒了。席间大家都很亲热活跃，不过没有谈什么重要的话。这两位老朋友都沉浸在重逢的欢乐中。

饭后我们乘车向南走，沿着莎勒河往前行驶。我早先就熟识这个地区，但是一切都很新鲜，仿佛不曾见过似的。

回到耶拿街上时，歌德吩咐马车沿着一条小溪前行，到了一座外观不大堂皇的房子门前就停下来。

他说，"弗斯从前就住在这里，我带你来看看这个带有古典意味的场所。"我们穿过房子走进花园，里面花卉不多，名品种很少。我们在果树荫下的草地上走着。歌德指着果树说，"这是为恩涅斯丁而栽的。她老家在欧亭，到了耶拿还忘不了家乡的苹果。她曾向我夸奖这种苹果多么香甜。这是她儿时吃的苹果，原因就在此！我和弗斯夫妇在这里度过许多欢畅的良宵，现在我还爱回忆过去那种好时光。像弗斯那样的人物不易再碰到了，现在很少有人能像他那样对德国高等文化发生深广的影响。他的一切都是健康而坚实的，所以他对古希腊人的爱好并不是矫揉造作而是自然的，对我们这些人产生了顶好的结果。像我这样深知他的好处的人简直不知道怎样怀念他才够份儿。"

到了六点钟左右，歌德想起该是到旅馆去过夜的时候了。他原已在挂着熊招牌的旅馆里预定了房间。分配给我的房间很宽敞，套间里摆着两张床。日落未久，窗户上还有亮光，我们觉得不点烛再坐一会儿是很惬意的。

歌德又谈起弗斯，说，"无论对耶拿大学还是对我自己，弗斯都很有益。我本想把他留下来，但是海德尔堡大学向他提供了很优厚的条件，凭我们这里不宽裕的经济情况无法和它竞争。我让弗斯走了，心里很难过，幸好我得到了席勒。我和席勒的性格尽管不同，志向却是一致的。所以我们结成了亲密的友谊，彼此都觉得没有对方就根本无法过活。"

歌德接着向我谈了席勒的一些轶事，颇能显出席勒的性格特征。

他说，"席勒的性格是光明磊落的，我们可以想象到，他痛恨人们有意或确实向他表示任何空洞的尊敬和陈腐的崇拜。有一次考茨布要在席勒家里替席勒正式举行庆祝，席勒对此非常讨厌，感到恶心，几乎晕倒了。他讨厌陌生人来访。如果他当时有事不能见，约来客午后四时再来，到了约定的时间，他照样怕自己会感到糟心甚至生病。在这种场合，他总是显得很焦躁甚至粗鲁。我亲眼看见过一位素昧平生的外科大夫没有经过传达就闯进门来拜访他，他那副暴躁的神色使那个可怜的家伙惊慌失措，抱头鼠窜了。

"我也说过，而且这也是大家都知道的，我和席勒的性格很不同，尽管志向一致。这种不同不仅表现在心理方面，也表现在生理方面。对席勒有益的空气对我却像毒气。有一天我去访问他，适逢他外出。他夫人告诉我，他很快就会回来，我就在他的书桌旁边坐下来写点杂记。坐了不久，我感到身体不适，越来越厉害，几乎发晕。我不知道怎么会得来这种怪病。最后发现身旁一个抽屉里发出一种怪难闻的气味。我把抽屉打开，发现里面装的全是些烂苹果，不免大吃一惊。我走到窗口，呼吸了一点儿新鲜空气，才恢复过来。这时席勒夫人进来了，告诉我那只抽屉里经常装着烂苹果，因为席勒觉得烂苹果的气味对他有益，离开它，席勒就简直不能生活，也不能工作。"

歌德接着说，"明天早晨我带你去看看席勒在耶拿的故居。"

这时上了灯，我们吃了一点儿晚饭，然后又坐了一会儿，闲谈了一些往事。

我谈起我在少年时代做过一次怪梦，到第二天早晨，这个梦居然成了真事。

我说，"我从前养过三只小红雀，把整个心神都贯注在它们身上，爱它们超过爱任何东西。它们在我房间里自由地飞来飞去，我一进门，它们就飞到我手掌上。有一天中午发生了一件不幸的事故，我走进房间里，有一只小红鸟掠过我头上飞了出去，不知道飞到哪里去了。当天整个下午，我到所有的房顶上去找它，可是终于失望，一直到天黑，小红鸟连影子也见不到。我就带着悲痛上床睡觉了。睡到早晨，我做了一个梦，梦见我还在附近逛来逛去，找那只失去的小红鸟。突然间，我听到它的叫声，看到它在我们住宅的花园后邻家的屋顶上。我召唤它，它鼓翼向我飞来，好像在求食，可是还不肯飞到我手掌上来。看到这种情况，我就飞快地穿过花园跑回到房子里，用盒子装满小米，再跑回去，举起它爱吃的食物给它看，它就飞到我的手掌上来了。于是我满心高兴地把它带回房子里，同它的两个小伙伴放在一起。

"我醒来时天正大亮，我赶快穿起衣服，匆匆忙忙地穿过小花园，飞奔到我梦见小红鸟落脚的那座房子。小红鸟果然在那里！一切经过就和我梦见的完全一样。我召唤它，它转过身来，却不肯马上飞到我手掌上。我赶快跑回家，搬出鸟食，等它飞到我手掌上，然后我就把它同另外两个小红鸟放在一起了。"

歌德说，"你那段少年时代的经历倒是顶奇特的。不过自然界类似这样的事例还很多，尽管我们还没有找到其中的奥妙。我们都在神秘境界中徘徊着，四周都是一种我们不认识的空气，我们不知道它怎样起作用，它和我们的精神怎样联系起来。不过有一点是可以确定的：在某些特殊情况下，我们灵魂的触角可以伸到身体范围之外，使我们能有一种预感，可以预见到最近的未来。"

我说，"我最近也经历过类似的情况。我正在沿埃尔富特公路散步回来大约再过十分钟就可以到达魏玛的时候，心里忽然有一种预感，仿佛到了剧院的拐角就要碰见一个经年没有见面而且许久不曾想念过的人。想到我会碰见她，我心里有些不安。没想到，到了剧院的拐角，我果然碰见了她，正是在十分钟以前我在想象中看见她的那个地方，这使我大为惊讶。"

歌德回答说，"那也是一件怪事，而且并非偶然。刚才已说过，我们都在神秘而奇异的境界中摸索。此外，单是默然相遇，一个灵魂就可以对另一个灵魂发生影响，我可以举出很多事例。我自己就有过这样的经历。有一次我和一个熟人一道散步，我心里在沉思某一事物时，他马上就向我谈起那个事物。我还认识一个人，他能一声不响，单凭他的意力操纵，使正在谈得很欢的一群人突然鸦雀无声。他甚至还能在这一群人中间制造一种困难气氛，使他们感到不安。我们身上都有某种电力和磁力，像磁石一样，在接触到同气质或不同气质的对象时，就发出一种吸引力或抗拒力。如果一位年轻姑娘无意中碰巧和一个存心要谋害她的男子呆在同一间黑屋里，尽管她不知道他也在那里，她心里也可能很不安地感觉到他就在那里，栗栗危惧起来，力图逃脱这间黑屋，跑回家去。"

我插嘴说，"我知道有一部歌剧，其中有一场就表演一对远别很久的情人无意中同呆在一间黑屋里，彼此本来不知道对方也在那里，可是没有多久，磁力就发挥作用，把这两人吸引到一起，那位年轻姑娘很快就倒在那年轻男子怀抱中去了。"

歌德接着说，"在钟情的男女中间，这种磁石特别强烈，就连距离很远，也会发生作用。我在少年时代，像这样的事例经历过很多。有时我孤零零一个人在散步，渴望我所爱的那位姑娘来给我做伴，一心一意地想念

着她，直到她果然来到我身边，对我说，'我在房子里闷得慌，忍不住走到这里来了。'

"我还记得从前我住在耶拿这里头几年中的一段经历。我到这里不久又爱上一个女子。那时我远游回来已经有好几天，因为每夜都被宫廷事务拖住，抽不出时间去看我爱的那位女子。我和她相爱已引起人们注意，所以白天我不敢去看她，怕惹起更多的流言蜚语。等到第四天或第五天晚上，我再也忍不住了，就走上到她家的那条路，不知不觉地走到了她家门口。我轻步登上楼梯，正准备进她房子里，却听见里面人声嘈杂，显然她不是单独一个人在家。我就悄悄地下了楼，很快又回到黑暗的街头，当时街上还没有点灯。我心里既烦躁又苦痛，在这个镇市里四面八方地乱冲乱闯，差不多有一个钟头，又闯回到她家门口，一直在想念着她。最后我终于准备回到我的孤独的房子里去，又穿过她家门前，望见她房里灯已熄灭，就自言自语地说，她也许出门了，但是在这黑夜里她到哪里去呢？我在哪里能碰见她呢？我又逛了好几条街，碰见了许多人，往往碰见的人模样和身材很像她，但是近看又不是她。我当时已深信强烈的交感力，单凭强烈的眷恋就可以把她吸引到我身边来。我还相信我周围有无形可见的较高的精灵，于是我向他们祷告，请求把她的脚步引向我，或是把我的脚步引向她。这时我又自己骂自己说，'可是你真傻呀！你不想再尝试一次，回到她那里去，却在央求什么征兆和奇迹！'

"这时我已走到大街尽头的空地，到了席勒从前住过的那所小房子，心里忽然想要朝宫殿方向转回去，然后转到右边的小道。我朝这个方向还没有走上一百步，就看见一个女子向我走来，体形完全像我梦寐以求的那个人。偶尔有窗口射出微弱的灯光，照得街道还有点儿亮。当晚我已多次因体形类似受了骗，所以不敢冒昧地向她打招呼。我们两人走得很靠近，胳膊碰到了胳膊。我站住不动，巡视着周围；她也采取这种姿势。她开口道，'是你？'我听出她的口音，就说，'终于见到啦！'欢喜得流泪。我们的手紧握住了。我说，'哈，我的愿望到底没有落空，我万分焦急地四处找你，我心里想，一定会把你找到。现在我可快活啦！多谢老天爷，我的预感成了现实啦!'她说,'你这人真坏,为什么不来? 今天我听说你回来已经三天了,今天我哭了一个下午,以为你把我忘掉了。刚才,一个钟头以前,我突然又非常想你,说不出来多么焦躁。有两位女友来看我,老待着不走。她们一走,我马上抓起帽子和大衣,有一股力量迫使我非出门在黑夜里走走不可,要走到哪里,我也没有个打算。你经常盘踞在我心坎里,我感觉到你一定会来看我。'她说的是真心话。我们紧握着手,紧紧地拥抱着,让对方了解到别离并不曾使我们的爱情冷下来。我陪她走到门口,走进她家里。楼梯黑暗,她走在前面,捉住我的手拉着我跟她走。我说不出的欢喜,不仅因为我终于再见到她,而且也因为我的信心和我对冥冥中无形影响的预感都没有落空。"

歌德的心情显得顶舒畅。我就是再听他继续谈几个钟头也是乐意的,可是他逐渐感到疲倦了,我们就到套间,不久就上床睡觉了。

1828 年 12 月 16 日 （歌德与席勒合作的情况；歌德的文化教养来源）

今天我单独和歌德在书房里吃饭;我们谈了各种文学问题。歌德说,"德国人摆脱不掉庸俗市民习气。他们现在就某些诗既印在席勒的诗集里又印在我的诗集里这个问题争论不休。在他们看来,把哪些作品归席勒、哪些作品归我分清楚仿佛是件大事,仿佛这种划分有什么益处,仿佛客观存在的事实还不够。

"像席勒和我这样两个朋友,多年结合在一起,兴趣相同,朝夕晤谈,互相切磋,互相影响,两人如同一人,所以关于某些个别思想,很难说其中哪些是他的,哪些是我的。有许多诗句是我俩在一起合作的,有时意思是我想出的,而诗是他写的,有时情况正相反,有时他作头一句,我作第二句,这里怎么能有你我之分呢? 一个人如果把解决这种疑问当做大事,他准是在庸俗市民习气中还陷得很深。"

我说,"类似的情况在文学界也不少见,例如人们怀疑这个或那个名人是否有独创性,要追查他的教养来源。"

歌德说,"那太可笑了,那就无异于追问一个身体强健的人吃的是什么牛、什么羊、什么猪，才有他那样的体力。我们固然生下来就有些能力，但是我们的发展要归功于广大世界千丝万缕的影响，从这些影响中，我们吸收我们能吸收的和对我们有用的那一部分。我有许多东西要归功于古希腊人和法国人，莎士比亚、斯泰恩和哥尔斯密给我的好处更是说不尽的。但是这番话并没有说完我的教养来源，这是说不完的，也没有必要。关键在于要有一颗爱真理的心灵，随时随地碰见真理，就把它吸收进来。

"还有一点，这个世界现在太老了。几千年以来，那么多的重要人物已生活过、思考过，现在可找到和可说出的新东西已不多了。就连我关于颜色的学说也不完全是新的。柏拉图、达·芬奇，还有许多其他卓越人物都已在一些个别方面先我有所发现，有所论述，我只不过又有所发现，有所论述而已。我努力在这个思想混乱的世界里再开辟一条达到真理的门路。这就是我的功绩。

"我们对于真理必须经常反复地说，因为错误也有人在反复地宣传，并且不是有个别的人而是有大批的人宣传。在报刊上、辞典里，在中学里、大学里，错误到处流行，站在错误一边的是明确的多数。

"人们还往往把真理和错误混在一起去教人，而坚持的却是错误。例如，几天前我还在一部英国百科全书里读到关于蓝色起因的学说。先提到达·芬奇的正确观点，然后就偷偷摸摸地转到牛顿的错误观点，而且还加上一句评语说，牛顿的观点是应该遵从的，因为它已被普遍接受了。"

……

1830 年 3 月 17 日（现实生活比书本的教育影响更大）

……

话题由《维特》转到一般小说和剧本及其对听众道德影响的好坏。歌德说，"如果一部书比生活本身所产生的道德影响更坏，这种情况就一定很糟，生活本身里每天出现的极丑恶的场面太多了。要是看不见，也可以听见，就连对于儿童，人们也无须过分担心一部书或剧本对儿童的影响。我已说过，日常生活比一部最有影响的书所起的教育作用更大。"

我说，"不过当着儿童的面说话还是要当心些，不要使他们听到他们不该听的话。"

歌德回答说，"你提的办法倒很好，我也是那么办。不过我毕竟认为这种警戒是无用的。儿童的嗅觉和狗的嗅觉一样灵敏，什么东西都闻得出来，特别是坏东西……"

1831 年 5 月 15 日（歌德立遗嘱，指定爱克曼编辑遗著）

陪歌德在他的书房里吃晚饭，就一些问题进行愉快的谈论之后，他终于把话题移到私事上。他站起来，从书桌上取了一张已写好的字据。

他说，"像我这样年过八十的人，几乎没有再活下去的权利了，每天都要准备长辞人世，安排好家务。我已告诉过你，我在遗嘱里指定你编辑我的遗著。今天上午我预备了一张合同，一张小字据。现在请你和我一起来签字。"说完他就把字据摆在我面前。我看到其中把已完成和未完成的著作都开列出来，预备在他死后出版，还载明了具体安排和条件。我们双方就签了字。

这套材料是我早已随时编辑过的，我估计大约有十五卷。我们商谈了一些尚未完全决定的细节。

歌德说，"有一种情况可能发生，出版商可能不愿超过规定的页数，那么，材料中有些部分就得删去。在这种情况下，你可以把《颜色学》中争论部分删去。我所特有的主张都在此书理论部分，历史部分却带有争论的性质，因为牛顿的颜色说的主要错误都是在这部分讨论的，有关的争论差不多就够了。我绝不是要放弃对牛顿定律的尖锐解剖，这在当时是必要的，而且在将来也还会有价值。不过我生性不爱争论，对争论没有多大兴趣。"

我们谈得比较详细的第二个问题，是附在《威廉·麦斯特的漫游时代》第二卷和第三卷末尾的《箴言和感想》如何处理……

我们商定，我应把凡是谈艺术的语录集成一卷，作为讨论艺术问题部分；凡是涉及自然界的语录集成一卷，作为讨论一般自然科学部分；至于谈伦理问题和文学问题的感想，则另集成一卷。

名家点评

　　任何东西都不能干扰他的思想力量，甚至他自己性格上的弱点，脾气不好、困窘、拘束等，都像过眼烟云一样在山脚下飘过，而他的天才却巍然屹立在山巅之上。

　　歌德有时非常伟大，有时极为渺小；有时是叛逆的、受嘲笑的、鄙视世界的天才，有时则是谨小慎微、事事知足、胸襟狭隘的庸人。

——（德）恩格斯

第八章

"天才"在西方浪漫运动中是个普遍流行的信念。

"天才"这个词在德文中是 Genie（英文 genius），在起源时指人、地方或职业的守护神，确实带有宗教迷信性质。它在近代流行的意义上不是"天赋"或"神赐"的才能，而只是"卓越的才能"。歌德有时用原始意义（例如在 1828 年 3 月 11 日的谈话里）。到后来却侧重流行的意义（例如在 1832 年 2 月 17 日的谈话里）。由此也可见这个词的演变痕迹。

1826 年 12 月 13 日（绘画才能不是天生的，必须认真学习）

妇女们在席间赞赏一位年轻画家画的一幅肖像。她们说，值得称赞的是，他是全靠自学的。这是从画的那双手上看得出来的，画得不正确，也不艺术。

歌德说，"我们看得出这位年轻人有才能，只是他全靠自学，因此，你们对他不应赞赏而应责备。才能不是天生的，可以任其自便的，而是要钻研艺术，请教良师，才会成才。近几天我读了莫扎特答复一位寄些乐谱给他看的男爵的信，大意是说，'你这样稍事涉猎艺术的人通常有两点毛病应受责备！一是没有自己的思想而抄袭旁人的思想，一是有了自己的思想而不会处理。'这话说得多么好！莫扎特关于音乐所说的真话不是也适用于其他艺术吗？"

接着歌德又说，"达·芬奇说，'如果你的儿子没有本领用强烈的阴影把所作的素描烘托出来，使人觉得可以用双手把它抓住，那么，他就没有什么才能。'达·芬奇在下文又说，'如果你的儿子已完全掌握透视和解剖，你就把他送交一个好画师去请教。'"

歌德继续说，"现在我们的青年艺术家还没有学通这两门学问，就离开师傅了。时代真是变了。"

歌德接着说，"我们的青年画家所缺乏的是心胸和精神。他们的作品没有说出什么，起不到什么作用。他们画的是不能切割的刀、打不中靶子的箭，使我不免想到，在这个世界上精神仿佛已完全消失了。"

我说，"我们应该相信，近年来一些大战应该使人们精神振作起来了。"

歌德说，"振作起来的与其说是精神，毋宁说是意志；与其说是艺术精神，毋宁说是政治精神。素朴天真和感性具体却全都消逝了。一个画家如果不具备这两种特点，怎么画得出使人喜闻乐见的东西呢？"

……

歌德接着说，"我观察我们德国绘画已有五十多年了，不仅是观察，而且企图施加一点儿影响。现在我只能说，照目前状况看，没有多大希望。必须有一个有卓越才能的人出来，立即吸取现时代的一切精华，从而超过一切。现在一切手段都已摆在那里，路已经指出来而且铺平了。现在斐底阿斯的作品已摆在我们眼前，这在我们的青年时代是梦想不到的。我刚才已说过，现在是万事俱备，只欠才能了。我希望才能终会到来，也许它已躺在摇篮里，你大概还能活到看见它放光辉。"

1828年3月11日（论天才和创造力的关系；天才多半表现于青年时代）

……

今天饭后我在歌德面前显得不很自在，不很活泼，使他感到不耐烦。他不禁带着讽刺的神气向我微笑，还开玩笑说，"你成了第二个项狄，有名的特利斯川的父亲啦。他有半生的光阴都因为房门吱吱嘎嘎地响而感到烦恼，却下不定决心在门轴上抹上几滴油，来消除这种每天都碰到的干扰。

"不过我们一般人都是这样。一个人精神的阴郁和爽朗就形成了他的命运！我们总是每天都需要护神牵着走，每件事都要他催促和指导。只要这位精灵丢开我们，我们就不知所措，只有在黑暗中摸索了。

"在这方面拿破仑真了不起！他一向爽朗，一向英明果断，每时每刻都精神饱满，只要他认为有利和必要的事，他说干就干。他一生就像一个迈大步的半神，从战役走向战役，从胜利走向胜利。可以说，他的心情永远是爽朗的。因此，像他那样光辉灿烂的经历是前无古人的，也许还会后无来者。

"对呀，好朋友，拿破仑是我们无法模仿的人物啊。"

……

歌德关于拿破仑的一番话引起我深思默想，于是我设法就这个题目谈下去。我说，"我想拿破仑特别是在少年时代精力正在上升的时期，才不断地处在那样爽朗的心情中，所以我们看到当时仿佛有神在保佑他，他一直在走好运。他晚年的情况却正相反，爽朗精神仿佛已抛弃了他，他的好运气和他的护星也就离开他了。"

歌德回答说，"你想那有什么办法！就拿我自己来说吧，我也再写不出我的那些恋歌和《维特》了。我们看到，创造一切非凡事物的那种神圣的爽朗精神总是同青年时代和创造力联系在一起的。拿破仑的情况就是如此，他就是从来没有见过的最富于创造力的人。

"对了，好朋友，一个人不一定要写诗歌、戏剧才显出富于创造力。此外还有一种事业方面的创造力，在许多事例中意义还更为重要。医生想医好病，也得有创造力，如果没有，他只能碰运气，偶尔医好病，一般地说，他只是一个江湖医生。"

我插嘴说，"看来你在这里是把一般人所谓'天才'（Genie）叫做创造力。"

歌德回答说，"天才和创造力很接近。因为天才到底是什么呢？它不过是成就见得上帝和大自然的伟大事业的那种创造力，因此天才这种创造力是产生结果的，长久起作用的。莫扎特的全部乐曲就属于这一类，其中蕴藏着一种生育力，一代接着一代地发挥作用，取之不尽，用之不竭。

"其他大作曲家和大艺术家也是如此。斐底阿斯和拉斐尔在后代起了多大影响，还有丢勒和霍尔拜因最初发明古代德国建筑形式比例、为后来斯特拉斯堡大教堂和科隆大教堂准备条件的那位无名建筑师也是一位天才，因为他的思想到今天还作为长久起作用的创造力而保持它的影响。路德就是一位意义很重大的天才，他在过去不少的岁月里发生过影响。他在未来什么时候会不再发挥创造力，我们还无法估量。莱辛不肯接受天才这个大头衔，但是他的持久影响就证明他是天才。另一方面，我们在文学领域里也有些要人在世时曾被捧为伟大天才，身后却没有发生什么影响，他们比自己和旁人所估计的要渺小。因为我已经说过，没有发生长远影响的创造力就不是天才。此外，天才与所操的是哪一行哪一业无关，各行各业的天才都是一样的。不管是像奥肯和韩波尔特那样显示天才于科学，像弗里德里希、彼得大帝和拿破仑那样显示天才于军事和政治，还是像贝朗瑞那样写诗歌，实质都是一样，关键在于有一种思想、一种发明或所成就的事业是活的而且还要活下去。

"我还应补充一句，看一个人是否富于创造力，不能只凭他的作品或事业的数量。在文学领域里，有些诗人被认为富于创造力，因为诗集一卷接着一卷地出版。但是依我的看法，这种人应该被看做最无创造力的，因为他们写出来的诗既无生命，又无持久性。反之，哥尔德斯密斯写的诗很少，在数量上不值得一提，但我还是要说他是最富于创造力的，正是因为他的少量诗有内在的生命，而且还会持久。"

谈话停了一会，歌德在房子里踱来踱去，我很想他就这个重要题目再谈下去，因此设法引他再谈，就问他，"这种天才的创造力是单靠一个重要人物的精神，还是也要靠身体呢？"

歌德回答说，"身体对创造力至少有极大的影响。过去有过一个时期，在德国人们常把天才想象为一个矮小瘦弱的驼子。但是我宁愿看到一个身体健壮的天才。

"人们常说拿破仑是个花岗石做的人，这也是主要就他的身体来说的。有什么艰难困苦拿破仑没有经历过！从火焰似的叙利亚沙漠到莫斯科的大雪纷飞的战场，他经历过无数次的行军、血战和夜间露营！哪样的困倦饥寒他没有忍受过！觉睡得极少，饭也吃得极少，可是头脑仍经常显得高度活跃。在雾月十八日的整天紧张活动之后，到了半夜，虽然他整天没有进什么饮食，却毫不考虑自己的体力，还有足够的精力在深更半夜里写出那份著名的告法兰西人民书。如果想一想拿破仑所成就和所忍受的一切，就可以想象到，在他四十岁的时候，身上已没有哪一点还是健全的了。可是甚至到了那样的年龄，他还是作为一个完好的英雄挺立着。

"不过你刚才说得对，他的鼎盛时期是在少年时期。一个出身寒微的人，处在群雄角逐的时代，能够在二十七岁就成为一国三千万人民的崇拜对象，这确实不简单啊。呃，好朋友，要成就大事业，就要趁青年时代。拿破仑不是唯一的例子……历史上有成百上千的能干人在青年时期就已在内阁里或战场上立了大功，博得了巨大的声誉。"

歌德兴致勃勃地继续说，"假如我是个君主，我决不把凭出身和资历逐级上升、而现已到了老年、踏着习惯的步伐蹒跚爬行的人摆在高位上，因为这种人成就不了什么大事业。我要的是青年人，但是必须有本领，头脑清醒，精力饱满，还要意志善良，性格高尚。这样，统治国家和领导人民前进，就会成为一件乐事！但是哪里去找愿意这样做、这样用得其才的君主呢？

"我对现在的普鲁士王太子抱有很大的希望。据我所知道和听到的，他是个杰出的人物。既是杰出的人物，他就必须选用德才兼备的人。因为不管怎么说，毕竟还是物以类聚，只有本身具有伟大才能的君主，才能识别和重视他的臣民中具有伟大才能的人。'替才能开路！'这是拿破仑的名言。拿破仑自己确实别具识人的慧眼，他所选用的人都是用得其才，所以在他毕生全部伟大事业中都得到妥当的人替他服务，这是其他君主难以办到的。"

……

我觉得值得注意的是：歌德自己在这样高龄仍任要职，却这样明确地重视青年，主张国家最高职位应由年轻而不幼稚的人来担任。我不禁提到一些身居高位的德国人，他们虽届高龄，可是在掌管各种重要事务的时候，却并不缺乏精力和年轻人的活跃精神。

歌德回答说，"他们这种人是些不平凡的天才，他们在经历一种第二届青春期，至于旁人则只有一届青春。

"我生平有过一段时期，每天要提供两印刷页的稿件，这是我很容易办到的。我写《兄妹俩》花三天，写《克拉维哥》花一星期，这你是知道的。

现在我好像办不到了。我也还不应抱怨自己年老，已缺乏创造力了，不过年轻时期在任何条件下每天都办得到的事，现在只有在时作时息而条件又有利的情况下才办得到了。十年或十二年以前，在解放战争后那些快乐的日子里，我全副精神都贯注在《西东胡床集》那些诗上，有足够的创造力每天写出两三首来，不管在露天、在马车上还是在小旅店里都是一样。现在我写《浮士德》第二部，只有上午才能工作，也就是睡了一夜好觉，精神抖擞起来了，还要没有生活琐事来败兴才行。这样究竟做出了多少工作呢？在最好的情况下能写出一页手稿，一般只写出几行，创造兴致不佳时写得更少。"

我就问，"一般说来，有没有一种引起创作兴致的办法，或是创作兴致不够佳时有没有办法提高它？"

歌德回答说，"这是一个引起好奇心的问题，可想到的道理和可说的话很多。

"每种最高级的创造、每种重要的发明、每种产生后果的伟大思想，都不是人力所能达到的，都是超越一切尘世力量之上的。人应该把它看做来自上界、出乎望外的礼物，看做纯是上帝的婴儿，而且应该抱着欢欣感激的心情去接受它，尊重它。它接近精灵或护神，能任意操纵人，使人不自觉地听它指使，而同时却自以为在凭自己的动机行事。在这种情况下，人应该经常被看做世界主宰的一种工具，看做配得上接受神力的一种容器。我这样说，因为我考虑到一种思想往往能改变整个世纪的面貌，而某些个别人物往往凭他们创造的成果给他们那个时代打下烙印，使后世人永记不忘，继续发生有益的影响。

"不过此外还有另一种创造力，是服从尘世影响、人可以更多地凭自己的力量来控制的，尽管就是在这里，人也还是有理由要感谢上帝。属于这一类创造力的有按计划来执行的一切工作、其结果已经历历在目的思想线索的一切中间环节以及构成艺术作品中可以眼见的形体的那一切东西。

"例如莎士比亚最初想到要写《哈姆莱特》时，全剧精神是作为一种突如其来的印象呈现到他心眼前的，他以高昂的心情巡视全剧的情境、人物和结局，这个整体对他纯粹是来自上界的一种礼物，他对此没有直接的影响，尽管他见到这个整体的可能性总要以具有他那种心灵为前提。至于一些个别场面和人物对话却完全可以凭他自己的力量去操纵，他可以时时刻刻写，天天写，写上几个星期，只要他高兴。我们从他的全部作品看，的确可以看出他始终显出同样的创造力，在他的全部剧本里我们指不出某一片段来说，'他在这里走了调子，写时没有使尽全力'。我们读他的作品时所得到的印象是，他这个人无论在精神方面还是在身体方面都很健康刚强。

"不过假如一个戏剧体诗人身体没有这样强健，经常生病虚弱，每天写作各幕各景所需要的创造力往往接不上来，一停就是好几天，在这种时候他如果求助于酒来提高他的已亏损的创造力，弥补它的缺陷，这种办法也许有时生效，但是，凡是用这种办法勉强写出的部分，总会使人发现很大的毛病。"

"……创造力在休息和睡眠中和在活动中都可以起作用。水有助于创造力，空气尤其如此。空旷田野中的新鲜空气对人最适宜。在那里，仿佛上帝把灵气直接嘘给人，人由此受到神力的影响。拜伦每天花大部分时间在露天里过活，时而在海滨骑马遨游，时而坐帆船和用橹划的船，时而在海里洗澡，用游泳来锻炼身体。他是从来少见的一个最富于创造力的人物。"

……

1831 年 2 月 14 日（天才的体质基础；天才最早出现于音乐）

陪歌德吃晚饭。他刚读过拉普将军的《回忆录》，因此我们就谈起拿破仑来，谈到他母亲生下一大家强健的儿女，她对此会有什么样的心情。她生下第二个儿子拿破仑时才十八岁，她丈夫才二十三岁，所以拿破仑出世时正当父母都身强力壮，这对他的体格很有好处。在生拿破仑之后，他母亲又生了三个儿子，天资都很高，在世务方面很能干，都精力充沛，而且都有一定的诗才。生下四个儿子之后，她又生了三个女儿，杰罗姆最小，在兄弟姊妹之中，天资似乎也是最差的。

歌德说，"才能当然不是天生的，不过要有一种适当的身体基础，一个人是头胎生的还是晚胎生的，是父母年轻力壮时生的还是父母衰弱时生的，并不一样。"

我说，"值得注意的是，各种才能之中，音乐才能在很幼小的年龄就崭露头角。例如莫扎特在五岁，贝多芬在八岁，洪默尔在九岁，就以音乐演奏和作曲博得亲邻们惊赞了。"

歌德说，"音乐才能很可以出现最早，因为音乐完全是天生的，表达内心情感的，用不着从外界吸收多少营养或从生活中吸取多少经验。不过像莫扎特那样一种现象实在永远是个无法解释的奇迹。是不是老天爷到处找机会创造奇迹，有时也凭依个别的非凡的凡人，使我们看到徒感惊奇，而不知道这是从何而来的呢？"

1831 年 3 月 2 日（Daemon〔精灵〕的意义）

今晚在歌德家吃晚饭，不久话题又回到精灵。他提出以下看法来把这个词的意义说得更明确些。

他说，"精灵是知解力和理性都无法解释的。我的本性中并没有精灵，但是要受制于精灵。"

我说，"拿破仑像是一个具有精灵的人物。"

歌德说，"对，他完全是具有最高度精灵的人物，没有旁人能比得上他。我们已故的大公爵也是个精灵人物。他有无限的活动力，活动从不止息，他的公国对他实在太小了，最伟大的东西在他眼里也太渺小。古希腊人曾把这种精灵看做半神。"

我问，"一般发生的事件里是否也显出精灵呢？"

歌德回答，"显得特别突出，尤其是在一切不是知解力和理性所能解释的事件里。在整个有形的和无形的自然界，精灵有多种多样的显现方式。许多自然物通体是精灵，也有些只有一部分是精灵。"

我问，"《浮士德》里的恶魔有没有精灵的特征？"

歌德说，"那个恶魔太消极了，不能具有精灵，精灵只显现于完全积极的行动中。"

接着他又说，"在艺术家之中，音乐家的精灵较多，画家的精灵较少。帕格尼尼显出了高度精灵，所以产生顶大的效果。"

……

1831 年 3 月 8 日（再谈"精灵"）

今天陪歌德吃晚饭。他首先告诉我，他正在读司各特的《艾凡赫》。他说，"司各特是个才能很大的作家，目前还没有人比得上他，难怪他在读者群众中发生了非常大的影响。他触动我想了很多，我发现他那种艺术是崭新的，其中有它自己的规律。"

我们谈到歌德的自传第四卷，我们无意中又碰到精灵问题。

歌德说，"精灵在诗里到处都显现，特别是在无意识状态中，这时一切知解力和理性都失去了作用，因此它超越一切概念而起作用。

"音乐里显出最高度的精灵，高到非知解力所可追攀，它所产生的影响可以压倒一切而且无法解释。所以宗教仪式离不开音乐，音乐是使人惊奇的首要手段。

"精灵常在一些重要人物身上起作用，特别是身居高位的人，例如弗里德里希大帝和彼得大帝之类。"

……

"精灵在拜伦身上大概是高度活跃的，所以他对广大群众有很大的吸引力，特别是能使妇女们一见倾倒。"

我探问他，"这种强大的力量，即我们所说的精灵，是否可以纳入我们所了解的'神'的概念里去呢？"

歌德说，"亲爱的孩子，你懂得什么是神呢？凭我们的窄狭概念，对最高存在能说出什么呢？如果像土耳其人那样，我用一百个名字来称呼他，还远远不够，比起他的无限属性来，还是没有说出什么啊！"

1832 年 2 月 17 日（歌德以米拉波和他自己为例，说明伟大人物的卓越成就都不是靠天才而是靠群众）

我把一座在英国雕刻的杜蒙半身像送给歌德看，他像是很感兴趣。

我们接着就谈论杜蒙，特别谈到他的《米拉波回忆录》。在这部书里，杜蒙揭露了米拉波设法采用种种方便法门并且煽动和利用一些有才能的人来达到他自己的目的。歌德说，"我还没有见过一部比这本回忆录更富于教益的书。我们从这部书中可以洞察到当时最幽秘的角落，感到米拉波这个奇迹其实也很自然，而这并不降低他的伟大。不过最近法国报刊上有一些评论家却对这个看法持异议，他们认为杜蒙有意要给他们的米拉波抹黑，因为他揭穿了米拉波的超人的活动才能，而且让当时其他人物也分享到向来由米拉波独占的那份功勋。

"法国人把米拉波看成他们自己的赫刺克勒斯。他们本来很对，但是忘记了就连一座巨像也要由许多部分构成。古代赫刺克勒斯也是个集体性人物，既代表他自己的功绩，也代表许多人的功绩。

"事实上我们全都是些集体性人物，不管我们愿意把自己摆在什么地位。严格地说，可以看成我们自己所特有的东西是微乎其微的，就像我们个人是微乎其微的一样。我们全都要从前辈和同辈学习到一些东西。就连最大的天才，如果想单凭他所特有的内在自我去对付一切，他也决不会有多大成就。可是有许多本来很高明的人却不懂这个道理。他们醉心于独创性这种空想，在昏暗中摸索，虚度了半生光阴。我认识过一些艺术家，都自夸没有依傍什么名师，一切都要归功于自己的天才。这帮人真蠢！好像世间竟有这种可能似的！好像他们不是在每走一步时都由世界推动着他们，而且尽管他们愚蠢，还是把他们造就成了这样或那样的人物！对，我敢说，这样的艺术家如果巡视这间房子的墙壁，浏览一下我在墙壁上挂的那些大画家的素描，只要他真有一点儿天才，他离开这间房子时就必然已成了另一个人，一个较高明的人了。

"一般说来，我们身上有什么真正的好东西呢？无非是一种要把外界资源吸收进来、为自己的高尚目的服务的能力和志愿！我可以谈谈自己，尽量谦虚地把自己的体会说出来。在我的漫长的一生中我确实做了很多工作，获得了我可以自豪的成就。但是说句老实话，我有什么真正要归功于我自己的呢？我只不过有一种能力和志愿，去看去听，去区分和选择，用自己的心智灌注生命于所见所闻，然后以适当的技巧把它再现出来，如此而已。我不应把我的作品全归功于自己的智慧，还应归功于我以外向我提供素材的成千成万的事情和人物。我所接触的人之中有蠢人也有聪明人，有胸怀开朗的人也有心地狭隘的人，有儿童，有青年，也有成年人，他们都把他们的情感和思想、生活方式和工作方式以及所积累的经验告诉了我。我要做的事，不过是伸手去收割旁人替我播种的庄稼而已。

"如果追问某人的某种成就是得力于自己还是得力于旁人，他是全凭自己工作还是利用旁人工作，这实在是个愚蠢的问题。关键在于要有坚强的意志、卓越的能力以及坚持要达到目的的恒心，此外都是细节。所以米拉波尽量利用外在世界的各种力量，是完全做得对的。他具有识别才能的才能，有才能的人被他那种雄强性格的魔力吸引住，愿意听从他的指挥和受他领导。所以他有一大批既有卓越才能又有势力的人围绕在他的身边，为他的热情所鼓舞，被他动员起来为他的高尚目的服务。他懂得怎样和旁人合作，怎样利用旁人去替他工作；这就是他的天才，这就是他的独创性，这也就是他的伟大处。"

《歌德谈话录》中最精彩的部分是其中相关的美学思想和关于文艺创作实践和理论的部分。本章主要集中了这一部分的谈话，其主要内容有以下几个方面。

与同时代的许多思想家和作家一样，歌德十分关心有关美的问题。歌德以前及其同时代的许多哲学家、美学家对美的本质做了大量的、精细的抽象思考和概括，而歌德有自己独到的见解。作为从事实际艺术创作实践的文学艺术家，歌德认为，对美做空泛的抽象概括无异于"自讨苦吃"。所以在同爱克曼的谈话中，他主要是从自己丰富的文艺创作实践经验出发，揭示美的本质和特征。

耶拿，1823 年 9 月 18 日（对青年诗人的忠告）

昨天在歌德回到魏玛之前，我很幸运又和他晤谈了一个钟头。这次他说的话非常重要，对我简直是无价之宝，使我终生受益不尽。凡是德国青年诗人都应该知道这番对他们也会有益的忠告。

歌德一开始就问我今年夏天写过诗没有。我回答说，写了一些，但是总的说来，我对作诗还缺乏兴致或乐趣。歌德就劝我说，"你得当心，不要写大部头作品。许多既有才智而又认真努力的作家正是在贪图写大部头作品上吃亏受苦，我在这一点上也吃过苦头，认识到它对我有多大害处。我扔到流水里去的作诗计划不知有多少哩！如果我把可写的都写了，写上一百卷也写不完。

"现实生活应该有表现的权利。诗人由日常现实生活触动起来的思想情感都要求表现，而且也应该得到表现。可是如果你脑子里老在想着写一部大部头的作品，此外一切都得靠边站，一切思虑都得推开，这样就要丧失掉生活本身的乐趣。为着把各部分安排成为融贯完美的巨大整体，就得使用和消耗巨大精力；为着把作品表达于妥当的流行语言，又要费大力而且还要有安静的生活环境。倘若你在整体上安排不妥当，你的精力就白费了。还不仅此，倘若你在处理那样庞大的题材时没有完全掌握住细节，整体也就会有瑕疵，会受到指责。这样，作者尽管付出了辛勤的劳力和牺牲，结果所获得的也不过是困倦和精力的瘫痪。反之，如果作者每天都抓住现实生活，经常以新鲜的心情来处理眼前事物，他就总可以写出一点儿好作品，即使偶尔不成功，也不会有多大损失。

"姑且举柯尼斯堡的奥古斯特·哈根为例。他本是一位很有才能的作家，你读过他的《奥尔弗里特和李辛娜》那部诗没有？那里有些片段是写得很出色的，例如波罗的海风光以及当地的一些具体细节。但这都是些漂亮的片段，作为整体来看，这部诗却不能使任何人满意。可是他费了多大气力，简直弄得精疲力竭了。现在他还在写一部悲剧哩！"

说到这里，歌德笑了笑就停住了。我趁机插话说，如果我没有弄错，他在《艺术与古代》上就劝告过哈根只选些小题目来写。歌德回答说，"是呀，我确实劝告过他。但是我们这些老年人的话谁肯听呢？每个人都自信有自知之明，因此，有许多人彻底失败了，还有许多人长期在迷途中乱窜。可是现在却没有时间去乱窜了。在这一点上我们老年人是过来人，如果你们青年人愿意重蹈我们老年人的覆辙，我们的尝试和错误还有什么用处呢？这样，大家就无法前进了。我们老一辈人走错路是可以原谅的，因为我们原来没有已铺平的路可走。但是对入世较晚的一辈人要求就要更严格些，他们不应该老是摸索和走错路，应该听老年人的忠告，马上踏上征途，向前迈进。向着某一天终于要达到的那个终极目标迈步还不够，还要把每一步骤都看成目标，使它作为步骤而起作用。

"请你把我这番话牢记在心上，看它对你是否也适用。我并不是怕你也会走错路，不过我的话也许可以帮助你快一点儿跨过对你还不利的这段时期。如果你目前只写一些小题目，抓住日常生活提供给你的材料，趁热打铁，你总会写出一点儿好作品来。这样，你就会每天都感到乐趣。你可以把作品先交给报刊或印成小册子发表，但切莫迁就旁人的要求，要始终按照自己的心意写下去。

　　"世界是那样广阔丰富，生活是那样丰富多彩，你不会缺乏作诗的动因。但是写出来的必须全是应景即兴的诗，也就是说，现实生活必须既提供诗的机缘，又提供诗的材料。一个特殊具体的情境通过诗人的处理，就变成带有普遍性和诗意的东西。我的全部诗都是应景即兴的诗，来自现实生活，从现实生活中获得坚实的基础。我一向瞧不起空中楼阁的诗。

　　"不要说现实生活没有诗意。诗人的本领，正在于他有足够的智慧，能从惯见的平凡事物中见出引人入胜的一个侧面。必须由现实生活提供作诗的动机，这就是要表现的要点，也就是诗的真正核心；但是据此来熔铸成一个优美的、生气灌注的整体，这却是诗人的事了。号称'自然诗人'的傅恩斯坦是你所熟识的。他以种植酵母花为题写出一首很好的诗。我劝他用各行手工业——特别是纺织工业——的题材来写一些诗歌，我敢说他写这方面的诗歌会获得成功，因为他从青年时代起就和这些手工艺匠人在一起生活，对手工艺这一行懂得很透彻，对他所要使用的材料有充分的掌握。写小题材的优点正在于你只须描绘你所熟悉的事物。至于写大部头的诗，情况却不同。那就不免要把各个部分都按计划编织成为一个完整体，而且还要描绘得惟妙惟肖。可是在青年时代对事物的认识不免片面，而大部头作品却要有多方面的广博知识，人们就在这一点上要跌跤。"

　　我告诉歌德，我想写一部大部头的诗，用一年四季为题材，把各种行业和娱乐都编织进去。歌德回答说，"这正是我刚才说的那种情况。你可以在许多片段里写得很成功，但是涉及你也许还没有认真研究过、还不大熟悉的事物，你就不会成功。你也许写渔夫写得很好，写猎户却写得很坏。如果有些部分失败了，整体就会显得有缺陷，不管其他部分写得多么好，这样你就写不出什么完美的作品。但是你如果把那些个别部分分开，单挑其中你能胜任的来写，你就有把握写出一点儿好作品来了。

　　"我特别劝你不要单凭自己的伟大的创造发明，因为要创造发明就要提出自己对事物的观点，而青年人的观点往往还不够成熟。此外，人物和观点都不能作为诗人的特征反映而同诗人相结合，从而使他在下一步创作中丧失丰满性。最后还有一点，创造发明以及安排和组织方面的构思要费多少时间而讨不到好处，纵使作品终于完成了。

"如果采用现成的题材，情况就大不相同，工作就会轻松些。题材既是现成的，人物和事迹就用不着新创了，诗人要做的工作就只是构成一个活的整体。这样，诗人就可以保持自己的完满性，因为用不着再从他本身补充什么了。他只需在表达方面费力，用不着花费创造题材所需要的那么多的时间和精力了。我甚至劝人采用前人已用过的题材。例如伊菲革涅亚这个题材不是用过多次了吗？可是产生的作品各不相同，因为每个作家对同一题材各有不同的看法，各按自己的方式去处理。

"我劝你暂时搁起一切大题目。你挣扎这么久了，现在是你过爽朗愉快生活的时候了。写小题材是最好的途径。"

我们一面谈着，一面在室内踱来踱去。因为我极钦佩歌德说的每句话都是真理，只能始终表示赞同。每走一步，我都感到比前一步轻松愉快，因为我应该招认，我过去心想的但没有想清楚的一些大计划，一直是我的不小的精神负担。现在我把这些大计划抛开了，等到通过钻研世界情况，掌握了有关题材的每个部分之后再说。目前先以愉快的心情就某一题材或某一部分陆续分别处理。

听了歌德的话，我感到长了几年的智慧。结识了这位真正的大师，我在灵魂深处感到幸福。今冬我从他那里学到了很多的东西。单是和他接触也会使我受到教益，尽管他有时并未说出什么重要的话。在默然无语时，他的风度和品格对我就是很好的教育。

1823 年 10 月 29 日（论艺术难关在掌握个别具体事物及其特征）

今晚我去看歌德，他正在点灯。我看到他心情很振奋，眼光反映着烛光闪闪发亮，全副表情显得和蔼、坚强和年轻。

我跟他在室内踱来踱去，他一开始就提起我昨天送请他看的一些诗。

他说，"我现在懂得了你在耶拿时为什么告诉我，你想写一篇以四季为题材的诗。我劝你写下去，马上就从写冬季开始。你对自然事物像有一种特别的感觉和看法。

"对你的那些诗，我只想说两句话。到你现在已经达到的地步，你就必须闯艺术的真正高大的难关了，这就是对个别事物的掌握。你必须费大力挣扎，使自己从观念（Idea）中解脱出来。你有才能，已经走了这么远，现在你必须做到这一点。你最近去过梯夫尔特，我想就出这个题目给你做。你也许还要再去三四次，把那地方仔细观察过，然后才能发现它的特征，把所有的母题（Motive）集拢起来。你须不辞辛苦，对那地方加以深入彻底的研究，这个题目是值得费力研究的。我自己本来老早就该运用这种题材了，只是我无法这样办，因为我亲身经历过一些重大的时局，全副精神都投入那方面去了，因而侵扰我的个别事物过分丰富了。但是你作为一个陌生人来到这里，关于过去，你可以请教当地堡寨主人，自己要探索的只是现在的突出的、具有意义的东西。"

我答应要试着照办，但是不敢讳言这个课题对于我像是离得很远而且也太难。

他说，"我知道这个课题确实是难，但是艺术的真正生命正在于对个别特殊事物的掌握和描述。此外，作家如果满足于一般，任何人都可以照样模仿；但是如果写出个别特殊，旁人就无法模仿，因为没有亲身体验过。你也不用担心个别特殊引不起同情共鸣。每种人物性格，不管多么个别特殊，每一件描绘出来的东西，从顽石到人，都有些普遍性；因此各种现象都经常复现，世间没有任何东西只出现一次。"

歌德接着又说，"到了描述个别特殊这个阶段，人们称为'写作'（Komposition）的工作也就开始了。"

这话我乍听还没有懂得很清楚，不过没有提问题。我心里想，他指的也许是现实和理想的结合，也就是外形和内在本质的结合。不过他指的也许是另一回事。歌德于是接着说：

"还有一点，你在每首诗后应注明写作日期。"我向他发出质疑的眼光，想知道注明日期有什么重要性。他就说，"这样就等于同时写了你的进度日记。这并不是小事。我自己多年来一直这样办，很知道它的好处。"

1825 年 6 月 11 日（诗人在特殊中表现一般）

……

接着我们谈到世界历史情况和诗的关系，在多大程度上某一国人民的历史比另一国人民的历史更有利于诗人。

歌德说，"诗人应该抓住特殊，如果其中有些健康的因素，他就会从这特殊中表现出一般。英国历史特殊，适宜于诗的表现方式，因为其中有些经常重现的善良的、健康的、因而是带有一般性的因素。法国历史却和诗不相宜，因为它只代表一个一去不复返的生活时代。法国人民的文学，就其植根于这种时代来说，只表现出一种随时代消逝而变为陈旧的特殊。"

歌德后来又说，"现代法国文学还很难评判。德国的影响在法国正在酝酿中，我们要看到结果如何，还要过二十年才行。"

接着我们谈到一些美学家费力对诗和诗人的本质下抽象的定义，达不到任何明显的结果。

歌德说，"有什么必要下那么多的定义？对情境的生动情感加上把它表现出来的本领，这就形成诗人了。"

1823 年 11 月 3 日（关于歌德的游记；论题材对文艺的重要性）

……

我于是把话题转到 1797 年歌德经过法兰克福和斯图加特去瑞士的游记。他最近把这部游记手稿三本交给我，我已把它仔细研究过了。我提到当时他和迈尔对造型艺术题材问题思考得很多。

歌德说，"对，还有什么比题材更重要呢？离开题材还有什么艺术学呢？如果题材不适合，一切才能都会浪费掉。正是因为近代艺术家们缺乏有价值的题材，近代艺术全都走上了邪路。我们大家全都在这方面吃过亏；我自己也无法否定我的近代性。"

他接着说，"艺术家们很少有人看清楚这一点，或是懂得什么东西才使他们达到安宁。举例来说，人们用我的《渔夫》为题来作画，没有想到这首诗是画不出来的。这首民歌体诗只表现出水的魔力，在夏天引诱我们下去游泳，此外便别无所有，这怎么能画呢？"

我提到我很高兴从上述游记里看出他对一切事物都有兴趣，并且把一切事物都掌握住了：山冈的形状和地位以及上面各种各样的石头；土壤、河流、云、空气、风和气候；还有城市及其起源和发展、建筑、绘画、戏院、市政、警察、经济、贸易、街道的格局、各色各样的人、生活方式、特点乃至政治和军备等数不清的项目。

歌德回答说，"不过你看不到一句话涉及音乐，因为我对音乐是外行。每个旅游者对于在旅途中应该看些什么，他的要旨是什么，应该胸有成竹。"

……

我告诉歌德说，"……我现在已逐渐摆脱我已往爱好理想和理论的倾向，逐渐重视现实情况的价值了。"

歌德说，"若不是那样，就很可惜了。我只劝你坚持不懈，牢牢地抓住现实生活。每一种情况，乃至每一顷刻，都有无限的价值，都是整个永恒世界的代表。"

过了一会儿，我把话题转到梯夫尔特以及描绘它时应采取的方式。我说这是一个复杂的题目，很难给它一个恰当的形式。我想最方便的方式是用散文来写。

歌德说，"要用散文来写的话，这个题目还不够有意义。号称教训诗和描写诗的形式大体上或可采用，但还不够理想。你最好写上十来首用韵的短诗来处理这种题材，音律和形式可以随不同方面和不同景致而变化多端，不拘一格，用这种办法可以把整体描绘得晶莹透彻。"我马上表示接受这个很适当的忠告。歌德接着又说，"对了，你为什么不来搞一次戏剧方式，写一点儿和园丁的谈话呢？用这种零星片段可以使工作轻松一些，而且把题材具有特征的各个方面都显示出来。至于塑造一个无所不包的巨幅整体总是困难的，一般不易产生什么完满的作品。"

1824 年 2 月 22 日（谈模仿普尚的近代画）

……

后来我们一同观看了法国某画馆里近代画家作品的许多铜版复制品。这些画所表现的创造才能几乎一律软弱。在四十幅之中只看到四五幅好的。其中一幅画一个姑娘在写情书，一幅画一个妇人待在一间标明出租而从来也没有人去租的房子里，一幅画捕鱼，一幅画圣母像前的音乐家们。另外一幅风景画是模仿普尚的，还不算坏。看到这幅画时，歌德说，"这样的画家们从普尚的风景画里获得了某种一般概念，就着手画起来。我们对这种画不能说好，也不能说坏。它们不算坏，因为从其中每个部分可以约略看出所根据的蓝本是很高明的。但是你也不能说它们好，因为它们照例缺乏普尚所表现出的画家自己的那种伟大人格。诗人中间也有类似的情况，例如他们模仿莎士比亚的高华风格，就会搞得不像样子。……"

1824 年 2 月 24 日（古今宝石雕刻的对比）

……

在这番文学方面的议论之后，歌德把我的注意力引到造型艺术方面去，让我看他在前一天已经赞赏过的那块宝石雕刻，看见它的朴素的构图，我感到欣喜。我看到一个人从肩上卸下一只沉重的壶来倒水给一个男孩喝。那男孩看到壶还太高，喝起来不方便，水也流不出，他把一双小手捧住壶，抬头望着那个人，仿佛要求他把壶放斜一点。

歌德问我，"喂，你喜欢它吧？我们近代人对这样一派自然素朴的作品也会感到它极美；对它是怎样造成的我们也有些认识和概念，可是自己却造不出来；因为我们靠的主要是理智，总是缺乏这样迷人的魅力。"

接着我们看柏林的勃兰特所雕的一块徽章，雕的是年轻的忒修斯在从一块大石头下取出他父亲的武器。姿势有些可取之处，但是四肢显得使力不够，不能掀开那样重的石头。这位年轻人用一手捉住兵器，另一手掀石头，这也像是一个缺点，因为按照自然的道理，他应该先掀去石头，然后才取兵器。歌德接着说，"作为对照，我想让你看一块古代宝石雕刻，用的是同样的题材。"

他叫他的仆人去拿来一只装着几百个古代宝石雕刻复制品的盒子，这些都是他游览意大利时从罗马带回来的。我看到古希腊人处理同样的题材，但是和上面说的那块差别多么大！这位青年人在使尽全副力量去推那块石头，他也能胜任。因为石头已掀起，很快就要倒到一边去了。他把全身力量都放在那块沉重的大石头上，只把眼光盯住躺在石头下面的兵器。

我们看到这种处理方式非常自然真实，都很欣喜。

歌德笑着说，"迈尔经常说，'但愿思维不那么艰难！'"歌德接着又说，"不幸的是，并不是一切思维都有助于思想；一个人必须生性正直，好思想才仿佛不招自来，就像天生的自由儿童站到我们面前，向我们喊：'我们在这里呀。'"

1824 年 2 月 25 日 （诗的形式可能影响内容）

今天歌德让我看了他的两首很值得注意的诗。它们在倾向上都是高度伦理性的，但是在一些个别的母题上却不加掩饰地自然而真实，一般人会把这种诗称为不道德的。因此他把这两首诗保密，不想发表。

他说，"如果神智和高度教养能变成一种公有财产，诗人所演的角色就会很轻松，他就可以始终彻底真实，不致害怕说出最好的心里话。但是事实上他经常不免在一定程度上保持缄默，他要想到他的作品会落到各种各样人的手里，所以要当心过分的坦率会惹起多数老实人的反感。此外，时间是一个怪物，像一个有古怪脾气的暴君，对人们的言行，在每个世纪里都摆出一副不同的面孔。对古希腊人是允许说的话，对我们近代人就是不允许的、不适宜的。本世纪二十年代的英国人就忍受不了生气蓬勃的莎士比亚时代英国人所能忍受的东西，所以在今天有必要发行一种家庭莎士比亚集。"

我接着他的话说，形式也有很大关系。那两首诗中，有一首是用古代

语调和音律写的，比起另一首就不那么引起反感。其中一些个别的母题当
然本身就易引起反感，但是全篇的处理方式却显得宏伟庄严，使我们感到
仿佛回到古希腊英雄时代，在听古代一个雄壮的人说话。至于另一首，却
是用阿里俄斯陀的语调和音律写的，就随便得多了。它叙述的是现代的一
件事，用的是现代语言，赤裸裸地呈现在我们面前，一些个别的大胆处就
惊人得多了。

歌德说，"你说得对，不同的诗的形式会产生奥妙的巨大效果。如果有
人把我在罗马写的一些挽歌体诗的内容用拜伦在《唐·璜》里所用的语调
和音律翻译出来，通体就必然显得是靡靡之音了。"

……

1824 年 2 月 26 日（艺术鉴赏和创作经验）

……

接着歌德用和蔼的口吻向我说，"有一次我向演员伯考也发过这样的脾
气。他拒绝扮演《华伦斯坦》中一个骑士，我就告诉他说，'如果你不肯演
这个角色，我就自己去演。'这话生了效，因为他们在剧院里对我都很熟
识，知道我在这类问题上不会开玩笑，知道我够倔犟，说了话就算数，会
干出最疯狂的事来。"

我就问，"当时你当真要去演那个角色吗？"

他说，"对，我当真要去演，而且会比伯考先生演得高明些，我对那个
角色比他懂得透。"

接着我们就打开画册，来看其中一些铜版刻画和素描。歌德在这个过
程中对我很关心，我感觉到他的用意是要提高我的艺术鉴赏力。他在每一
类画中只指给我看完美的代表作，使我认识到作者的意图和优点，学会按
照最好的思想去想，引起最好的情感。他说，"这样才能培养出我们所说的
鉴赏力。鉴赏力不是靠观赏中等作品而是要靠观赏最好作品才能培育成的。
所以我只让你看最好的作品，等你在最好的作品中打下牢固的基础，你就
有了用来衡量其他作品的标准，估价不至于过高，而是恰如其分。我指给

你看的是某一类画中的最好作品，使你认识到每一类画都不应轻视，只要有一个才能很高的人在这类画中登峰造极，他的作品总是令人欣喜的。例如这幅法国画家的作品是属于'艳情'（galant）类的，在这一类画中是一幅杰作。"

歌德把这幅画递给我，我看到很欢喜。画的是消夏别墅中一间雅致的房子，门窗户扇都向花园敞开着，可以看到其中有些很标致的人物。有一位三十岁左右的妇人手里捧着乐谱坐着，像是刚刚唱完歌。稍后一点儿，坐在她旁边的是一个十五岁左右的姑娘。后窗台边站着另一位少妇，手里拿着一管笛子，好像还在吹。这时一个少年男子正走进来，那几位女子的眼光便一齐射到他身上。他好像打断了乐歌，于是微微鞠躬表示道歉；那些少妇和颜悦色地听着。

歌德说，"这幅画在'艳情'意味上比得上卡尔德隆的任何作品。这类作品中最优秀的代表作你已看到了。现在你看下面这一类画怎样？"

说这话时，他把著名的动物画家罗斯的一些版画递给我看。画的全是羊，在各种情况中现出各种姿态。单调的面孔和丑陋蓬乱的毛，都画得惟妙惟肖，和真的一样。

歌德说，"我每逢看到这类动物，总感到有些害怕。看到它们那种局促、呆笨、张着口像在做梦的样子，我不免同情共鸣，害怕自己也变成一只羊，并且深信画家自己也变成过羊。罗斯仿佛渗透到这些动物的灵魂里去，分享它们的思想和情感了，所以能使它们的精神性格透过外表皮毛而逼真地显露出来，这无论如何都会使人惊赞的。由此可以看出一个才能高的艺术家能创造出多么好的作品，如果他抓住和他本性相近的题材不放。"

我问他，"这位画家是否也画过猫、狗和虎狼，也一样惟妙惟肖呢？如果他有本领能渗透到动物灵魂里去，和动物一样思想，一样动情感，他能否以同样的真实去处理人的性格呢？"

歌德说，"不行，你说的那些题材都不属于罗斯的领域，他只孜孜不倦地画山羊、绵羊、牛之类驯良的吃草的动物。这些动物才属于他的才能所能驾驭的范围，他毕生都只在这方面下工夫。在这方面他画得好！他对这类动物情况的同情是生来就有的，他生来就对这类动物的心理有认识，所以他对它们的身体情况也别具慧眼。其他动物对他就不那么通体透明，所以他就既没有才能也没有动机去画它们。"

听到歌德这番话，我就回想起许多类似的情况，它们再度生动地浮现在我眼前。例如他不久以前还向我说过，真正的诗人生来就对世界有认识，无须有很多经验和感性接触就可以进行描绘。他说过，"我写《葛兹·封·伯利欣根》时才是个二十二岁的青年，十年之后，我对我的描绘真实还感到惊讶。我显然没有见过或经历过这部剧本的人物情节，所以我是通过一种预感（Antizipation）才认识到剧中丰富多彩的人物情境的。

"一般说来，我总是先对描绘我的内心世界感到喜悦，然后才认识到外在世界。但是到了我在实际生活中发现世界确实就像我原来所想象的，我就不免生厌，再没有兴致去描绘它了。我可以说，如果我要等到我认识了世界才去描绘它，我的描绘就会变成开玩笑了。"

另一次他还说过，"在每个人物性格中都有一种必然性，一种承续关系，和这个或那个基本性格特征结合在一起，就出现某种次要特征。这一点是感性接触就足以令人认识到的，但是对于某些个别的人来说，这种认识可能是天生的。我不想追究在我自己身上经验和天生的东西是否结合在一起。但是我知道这一点：如果我和一个人谈过一刻钟的话，我〔在作品中〕就能让他说上两个钟头。"

谈到拜伦，歌德也说过，世界对于拜伦是通体透明的，他可以凭预感去描绘。我对此提出一种疑问：拜伦是否能描绘，比如说，一种低级动物，因为我看他的个性太强烈了，不会乐意去体验这种对象。歌德承认这一点，并且说，只有所写对象和作者本人的性格有某些类似，预感才可以起作用。我们一致认为预感的窄狭或宽广是与描绘者的才能范围大小成正比的。

我接着说，"如果您老人家说，对于诗人，世界是生成的，您指的当然只是内心世界，而不是经验的现象世界；如果诗人也要成功地描绘出现象世界，他就必须深入研究实际生活吧？"

歌德回答说，"那当然，你说得对。……爱与恨，希望与绝望，或是你把心灵的情况和情绪叫做什么其他名称，这整个领域对于诗人是天生的，他可以成功地把它描绘出来。但是诗人不是生下来就知道法庭怎样判案，议会怎样工作，国王怎样加冕。如果他要写这类题材而不愿违背真相，他就必须向经验或文化遗产请教。例如在写《浮士德》时，我可以凭预感知道怎样去描绘主角的悲观厌世的阴暗心情和甘泪卿的恋爱情绪，但是例如下面两行诗：

> 缺月姗姗来，
> 凄然凝泪光。

就需要对自然界的观察了。"

我说，"不过《浮士德》里没有哪一行诗不带着仔细深入研究世界与生活的明确标志，读者也丝毫不怀疑那整部诗只是最丰富的经验的结果。"

歌德回答说，"也许是那样。不过我如果不先凭预感把世界放在内心里，我就会视而不见，而一切研究和经验都不过是徒劳无补了。我们周围有光也有颜色，但是我们自己的眼里如果没有光和颜色，也就看不到外面的光和颜色了。"

1824 年 2 月 28 日（艺术家应认真研究对象，不应贪图报酬临时草草应差）

歌德说，"有些高明人不会临时应差写出肤浅的东西，他们的本性要求对他们要写的题目安安静静地进行深入的研究。这种人往往使我们感到不耐烦，我们不能从他们手里得到马上就要用的东西。但是只有这条路才能导致登峰造极。"

我把话题转到兰贝格。歌德说，"他当然完全是另一种艺术家，具有真正的才能，他的临时应差的本领没有别人能比得上。有一次在德累斯顿，他叫我出个题目给他画。我出的题目是阿伽门农从特洛伊回家，刚下车要跨进家门槛，心里就感到别扭。你会承认，这是一个极难画的题目。如果要另一位艺术家画这个题目，他就会要求有深思熟虑的机会。但是我的话刚出口，兰贝格就画起来了，而且可以看出他马上清楚地懂得了题目的要旨，这使我十分钦佩。我不否认，我很想得到兰贝格的几幅素描。"

我们又谈到一些其他画家。他们用很轻易肤浅的方式进行创作，以致落入俗套（Manier）。

歌德说，"俗套总是由于想把工作搞完，对工作本身并没有乐趣。一个有真正大才能的人却在工作过程中感到最高度的快乐。罗斯孜孜不倦地画山羊和绵羊的毛发，从他画的无数细节中可以看出，他在工作过程中享受着最纯真的幸福，并不想到要把工作搞完了事。

"才能较低的人对艺术本身并不感到乐趣；他们在工作中除掉完工后能赚多少报酬以外，什么也不想。有了这种世俗的目标和倾向，就决不能产生什么伟大的作品。"

1825 年 1 月 18 日（谈母题；反对注诗牵强附会）

……

话题转到一般女诗人，莱贝因大夫提到，在他看来，妇女们的诗才往往作为一种精神方面的性欲而出现。歌德把眼睛盯住我，笑着说，"听他说的，'精神方面的性欲'！大夫怎样解释这个道理？"大夫就说，"我不知道我是否正确地表达了我的意思，但是大致是这样。一般说来，这些人在爱情上不如意，于是想在精神方面找到弥补。如果她们及时地结了婚，生了儿女，她们就决不会想到要作诗。"

歌德说，"我不想追究你这话在诗歌方面有多大正确性，但是就妇女在其他方面的才能来说，我倒是经常发现妇女一结婚，才能就完蛋了。我碰见过一些姑娘很会素描，但是一旦成了贤妻良母，要照管孩子，就不再拈起画笔了。"

他兴致勃勃地接着说，"不过我们的女诗人们尽可以一直写下去，她们爱写多少诗就写多少诗，不过只希望我们男人们不要写得像女人写的一模一样！这却是我不喜欢的。人们只消看一看我们的一些期刊和小册子，就可以看出一切都很软弱而且日益软弱！……"

……

我提起光看这些"母题"就和读诗本身一样使我感到很生动，不再要求细节描绘了。

歌德说，"你这话完全正确，情况正是这样。你由此可以看出母题多么重要，这一点是人们所不理解的，是德国妇女们所梦想不到的。她们说'这首诗很美'时，指的只是情感、文词和诗的格律。没有人梦想到一篇诗的真正的力量和作用全在情境，全在母题，而人们却不考虑这一点。成千上万的诗篇就是根据这种看法制造出来的，其中毫无母题，只靠情感和铿锵的诗句反映出一种存在。一般说来，半瓶醋的票友们，特别是妇女们，对诗的概念认识是非常薄弱的。他们往往设想只要学会了作诗的技巧，就算尽了诗的能事，而自己也就功成业就了；但是他们错了。"

里默尔老师进来了。莱贝因告别了，里默尔老师就和我们坐在一起。话题又回到上述塞尔维亚爱情诗的一些母题。里默尔知道了我们在谈什么，就说按照上文歌德所列的母题不仅可以作出诗来，而且一些德国诗人实际上已用过同样的母题，尽管他们并不知道在塞尔维亚已经有人用过。他还举了他自己写的几首诗为例，我也想起在阅读歌德作品过程中曾遇见过一些用这类母题的诗。

歌德说，"世界总是永远一样的，一些情境经常重现，这个民族和那个民族一样过生活，讲恋爱，动情感，那么，某个诗人作诗为什么不能和另一个诗人一样呢？生活的情境可以相同，为什么诗的情境就不可以相同呢？"

里默尔说，"正是这种生活和情感的类似才使我们能懂得其他民族的诗歌。如果不是这样，我们读起外国诗歌来，就会不知所云了。"

我接着说，"所以我总是觉得一些学问渊博的人太奇怪了，他们好像在设想，作诗不是从生活到诗，而是从书本到诗。他们老是说：诗人的这首诗的来历在这里，那首诗的来历在那里。举例来说，如果他们发现莎士比亚的某些诗句在古人的作品中也曾见过，就说莎士比亚抄袭古人！莎士比亚作品里有过这样一个情境：人们看到一位美丽的姑娘，都庆贺称她为女儿的双亲和将要把她迎回家去当新娘的年轻男子。这种情境在荷马史诗里也见过，于是莎士比亚就必定是抄袭荷马了！多么奇怪的事！好像人们必须走那么远的路去找这类寻常事，而不是每天都亲眼看到、亲身感觉到而且亲口说到这类事似的！"

歌德说，"你说得对，那确实顶可笑。"

我说，"拜伦把你的《浮士德》拆成碎片，认为你从某处得来某一碎片，从另一处得来另一碎片，这种做法也不比上面说的高明。"

歌德说，"拜伦所引的那些妙文大部分都是我没有读过的，更不用说我在写《浮士德》时不曾想到它们。拜伦作为一个诗人是伟大的，但是他在运用思考时却是一个孩子。所以他碰到他本国人对他进行类似的无理攻击时就不知如何应付。他本来应该向他的论敌们表示得更强硬些，应该说，'我的作品中的东西都是我自己的，至于我的根据是书本还是生活，那都是一样，关键在于我是否运用得恰当！'瓦尔特·司各特援用过我的《哀格蒙特》中一个场面，他有权利这样做，而且他运用得很好，值得称赞。他在一部小说里还模仿过我写的蜜娘的性格，至于是否运用得一样高明，那却是另一个问题。拜伦所写的恶魔的变形，也是我写的梅菲斯特的续编，运用得也很正确。如果他凭独创的幻想要偏离蓝本，就一定弄得很糟。我的梅菲斯特也唱了莎士比亚的一首歌。他为什么不应该唱？如果莎士比亚的歌很切题，说了应该说的话，我为什么要费力来另作一首呢？我的《浮士德》的序曲也有些像《旧约》中的《约伯记》，这也是很恰当的，我应该由此得到的是赞扬而不是谴责。"

歌德的兴致很好，叫人拿一瓶酒来，斟给里默尔和我喝，他自己却只喝马里安温泉的矿泉水。他像是预定今晚和里默尔校阅他的自传续编的手稿，用意也许是在表达方式上作些零星修改。他说，"爱克曼最好留在我们身边听一听。"我很乐意听从这个吩咐。歌德于是把手稿摆在里默尔面前。里默尔就朗读起来，从1795年开始。

今年夏天，我已有幸反复阅读过而且思考过这部自传中未出版的、一直到最近的部分。现在当着歌德的面来听人朗读这部分，给了我一种新的乐趣。里默尔在朗读中特别注意表达方式，我有机会惊赞他的高度灵巧和词句的丰富流畅。但是在歌德方面，所写的这个时期的生活又涌现到他心眼里，他在纵情回忆，想到某人某事，就用详细的口述来填补手稿的遗漏。这个夜晚真令人开心！歌德谈到了当时一些杰出的人物，但是反复谈到的是席勒，从 1795 年到 1800 年。这段时期，他和席勒交游最密。他们两人的共同事业是戏剧，而歌德最好的作品也是在这段时期写成的。《威廉·麦斯特》脱稿了，《赫尔曼与窦绿苔》也接着构思好和写完了。切里尼的《自传》替席勒主编的刊物《时神》翻译出来了，歌德和席勒合写的《讽刺短诗集》也已由席勒主编的《诗神年鉴》发表。这两位诗人每天都少不了接触。这一切都在这一晚上谈到，歌德总有机会说出最有趣的话来。

在他的作品之中歌德还提到，"《赫尔曼与窦绿苔》在我的长诗之中是我至今还感到满意的唯一的一部，每次读它都不能不引起亲切的同情共鸣。我特别喜爱这部诗的拉丁文译本，我觉得它显得更高尚，仿佛回到了这种诗的原始形式。"

他也多次谈到《威廉·麦斯特》。他说，"席勒责备我掺杂了一些对小说不相宜的悲剧因素。不过我们都知道，他说得不对。在他写给我的一些信里，他就《威廉·麦斯特》说过一些最重要的看法和意见。此外，这是一部最不易估计的作品，连我自己也很难说有一个打开秘奥的钥匙。人们在寻找它的中心点，这是难事，而且往往导致错误。我倒是认为把一种丰富多彩的生活展现在眼前，这本身就有些价值，用不着有什么明确说出的倾向，倾向毕竟是诉诸概念的。不过人们如果坚持要有这种东西，他们可以抓住书的结尾处弗列德里克向书中主角说的那段话。他的话是这样：'我看你很像基士的儿子扫罗。基士派他出去寻找他父亲的一些驴子，却找到了一个王国'。只须抓住这段话，因为事实上全书所说的不过一句话，人尽管干了些蠢事，犯了些错误，由于有一只高高在上的手给他指引道路，终于达到幸福的目标。"

接着谈到近五十年来普及于德国中等阶层的高度文化，歌德把这种情况归功于莱辛的较少，归功于赫尔德尔和维兰的较多。他说，"莱辛的理解力最高，只有和他一样伟大的人才可以真正学习他，对于中材，他是危险的人物。"他提到一个报刊界人物，此人的教养是按照莱辛的方式形成的，在上世纪末也扮演过一种角色，可是扮演的是个很不光彩的角色，因为他比他的伟大的前辈差得太多了。

歌德还说，"整个上区德国的文风都要归功于维兰，上区德国从维兰学到很多东西，其中表达妥帖的能力并不是最不重要的。"

……

1827 年 1 月 18 日（仔细观察自然是艺术的基础）

……

我们谈起《威廉·麦斯特的漫游时代》里的一些零篇故事和短篇小说，提到它们每篇不同，各有特殊的性格和语调。

歌德说，"我想向你说明一下理由。我写那些作品时是和画家一样进行工作的。画家画某些对象时常把某种颜色冲淡，画另一些对象时常把某种颜色加浓。例如画早晨的风景，他就在调色板上多放一些绿色颜料，少放一些黄色颜料；画晚景，他就多用黄色，几乎不用绿色。我用同样的方法进行文学创作，让每篇各有不同的性格，就可以感动人。"

我心里想，这确是非常明智的箴言，歌德把它说出来了，我很高兴。特别联系到过去所说的那篇短篇小说，我惊赞他描绘自然风景时所用的细节。

歌德说，"我观察自然，从来不想到要用它来作诗。但是由于我早年练习过风景素描，后来又进行一些自然科学的研究，我逐渐学会熟悉自然，就连一些最微小的细节也熟记在心里。所以等到我作为诗人要运用自然景物时，它们就随召随到，我不易犯违反事实真相的错误。席勒就没有这种观察自然的本领。他在《威廉·退尔》那部剧本里所用的瑞士地方色彩都是我告诉他的。但是席勒的智力是惊人的，听到我的描述之后，马上就用上了，还显得很真实。"

……

1827 年 4 月 11 日（吕邦斯的风景画妙肖自然而非模仿自然）

……

我们回来了，吃晚饭还太早，歌德趁这时让我看看吕邦斯的一幅风景画，画的是夏天的傍晚。在前景左方，可以看到农夫从田间回家，画的中部是牧羊人领着一群羊走向一座村舍；稍往后一点，右方停着一辆干草车，人们正在忙着装草，马还没套上车，在附近吃草；再往后一点，在草地和树丛里，有些骡子带着小骡在吃草，看来是要在那里过夜。一些村庄和一个小镇市远远出现在地平线上，最美妙地把活跃而安静的意境表现出来了。

我觉得整幅画安排得融贯，显得很真实，而细节也画得惟妙惟肖，就说吕邦斯完全是临摹自然的。

歌德说，"绝对不是，像这样完美的一幅画在自然中是从来见不到的。这种构图要归功于画家的诗的精神。不过吕邦斯具有非凡的记忆力，他脑里装着整个自然，自然总是任他驱使，包括个别细节在内。所以无论在整体还是在细节方面，他都显得这样真实，使人觉得他只是在临摹自然。现在没有人画得出这样好的风景画了，这种感受自然和观察自然的方式已完全失传了。我们的画家们所缺乏的是诗。"

……

1827 年 4 月 18 日（就吕邦斯的风景画泛论美；艺术既服从自然，又超越自然）

晚饭前，我陪歌德乘马车沿着通往埃尔富特的道路游了一阵子。我们碰到各种各样的车辆运货上莱比锡的集市，也碰到一长串的马，其中有很美的。

歌德说，"我对美学家们不免要笑，笑他们自讨苦吃，想通过一些抽象名词，把我们叫做美的那种不可言说的东西化成一种概念。美其实是一种本原现象（Urphänomen），它本身固然从来不出现，但它反映在创造精神的无数不同的表现中，都是可以目睹的，它和自然一样丰富多彩。"

我说，"我听说过，自然永远是美的，它使艺术家们绝望，因为他们很少有能完全赶上自然的。"

歌德回答说，"我深深了解，自然往往展示出一种可望而不可攀的魅力，但是我并不认为自然的一切表现都是美的。自然的意图固然总是好的，但是使自然能完全显现出来的条件却不尽是好的。

"拿橡树为例来说，这种树可以很美。但是需要多少有利的环境配合在一起，自然才会产生一棵真正美的橡树呀！一棵橡树如果生在密林中，周围有许多大树围绕着，它就总是倾向于朝上长，争取自由空气和阳光，树干周围只生长一些脆弱的小枝权，过了百把年就会枯谢掉。但是这棵树如果终于把树顶上升到自由空气里，它就会不再往上长，开始向四周展开，形成一种树冠。但是到了这个阶段，树已过了中年了，多少年来向上伸展的努力已消耗了它最壮健的气力。它于是努力向宽度发展，也就得不到好结果。长成了，它高大强健，树干却很苗条，树干与树冠的比例不相称，还不能使树显得美。

"如果这棵橡树生在低洼潮湿的地方，土壤又太肥沃，只要有合适的空间，它就会过早地在树干四周长出无数枝权，没有什么抵抗它或使它长慢一点儿的力量，这样它就显不出挺拔嶙峋、盘根错节的姿势，从远处看来，它就像菩提树一样柔弱，仍然不美，至少是没有橡树的美。

"最后，如果这棵橡树生在高山坡上，土壤瘦，石头多，它会生出太多的疖疤，不能自由发展，很早就枯凋，不能令人感到惊奇。"

我听到这番话很高兴，就说，"几年以前，我从格廷根到威悉河流域作短途旅行，倒看到过一些橡树很美，特别是在霍克斯特附近。"

歌德接着说，"沙土地或夹沙土使橡树可以向各方面伸出茁壮的根，看来于橡树最有利。它坐落的地方还应有足够的空间，使它从各方面受到光线、太阳、雨和风的影响。如果它生长在避风雨的舒适地方，那也长不好。它须和风雨搏斗上百年才能长得健壮，在成年时它的姿势就会令人惊赞了。"

我问，"从你这番话是否可以得出结论说，事物达到了自然发展的顶峰就显得美？"

歌德回答说，"当然，不过什么叫做自然发展的顶峰，还须解释清楚。"

我回答说，"我指的是事物生长的一定时期，到了这个时期，某一事物就会完全现出它所特有的性格。"

歌德说，"如果指的是这个意思，那就没有什么可反对的，但还须补充一句：要达到这种性格的完全发展，还需要一种事物的各部分肢体构造都符合它的自然定性，也就是说，符合它的目的。

"例如达到结婚年龄的姑娘，她的自然定性是孕育孩子和给孩子哺乳，如果骨盘不够宽大，胸脯不够丰满，她就不会显得美。但是骨盘太宽大，胸脯太丰满，也还是不美，因为超过了符合目的的要求。

"为什么我们可以把我们在路上看到的某些马看做美的呢？还不是因为体格构造符合目的吗？这不仅因为它们的运动姿势的轻快秀美，而且还有更多的因素，这些因素只有善骑马的人才会说明，而我们一般人只能得到一般印象。"

我问，"我们可不可以把一匹驾车的马也看做美的呢？例如我们不久以前看到的拉货车到布拉邦特去的那些马？"

歌德说，"当然可以，为什么不可以？一位画家也许会觉得这种驾车的马性格鲜明，筋骨发展得很健壮，比起一匹较温良、较俊秀的驯马更能显出各种各样的美丰富多彩地配合在一起。"

歌德接着说，"要点在于种要纯，没有遭到人工的摧残，一匹割掉鬃和尾的马，一条剪掉耳尖的猎狗，一棵砍掉大枝、其余枝杈剪成圆顶形的树，特别是一位身体从小就被紧束胸腹的内衣所歪曲和摧残的少妇，都是使鉴赏力很好的人一看到就要作呕的，只有在庸俗人的那一套美的教条里才有地位。"……

吃晚饭时大家都很热闹。歌德的公子刚读过他父亲的《海伦后》，谈起来很有些显出天生智力的看法。他显然很喜欢用古曲精神写出的那部分，但是我们可以看出，他读这篇诗时，对其中歌剧性和浪漫色彩较浓的部分并不大起劲。

歌德说，"你基本上是正确的，这篇诗有一点儿奇特。我们固然不能说，凡是合理的都是美的，但凡是美的确实都是合理的，至少是应该合理的。你喜欢写古代的那部分，因为它是可以理解的，可以巡视其中各个部分，可以用你自己的理解力来推测我的理解力。诗的第二部分虽然也运用并展开了各种各样的知解力和理解力，但是很难，须经过一番研究，读者才能理解其中的意义，才可以用自己的理解力去探索出作者的理解力。"

……

歌德叫人取出登载荷兰大画师们的作品复制件的画册。……他把吕邦斯的一幅风景画摆在我面前。

他说，"这幅画你在这里已经看过，但是杰作看了多次都还不够，而且这次要注意的是一种奇特现象。请你告诉我，你看到了什么？"

我说，"如果先从远景看，最外层的背景是一片很明朗的天光，仿佛是太阳刚落的时候。在这最外层远景里还有一个村庄和一座市镇，由夕阳照射着。画的中部有一条路，路上有一群羊忙着走回村庄。画的右方有几堆干草和一辆已装满干草的大车。几匹还未套上车的马在附近吃草。稍远一点儿，散布在小树丛中的有几匹骡子带着小骡子吃草，看来是要在那里过夜。接近前景的有几棵大树。最后，在前景的左方有一些农夫在下工回家。"

歌德说，"对，这就是全部内容。但是要点还不在此。我们看到画出的羊群、干草车、马和回家的农夫这一切对象，是从哪个方向受到光照的呢？"

我说，"光是从我们对面的方向照射来的，照到对象的阴影都投到画中来了。在前景中那些回家的农夫特别受到很明亮的光照，这产生了很好的效果。"

歌德问，"但是吕邦斯用什么办法来产生这样美的效果呢？"

我回答说，"他让这些明亮的人物显现在一种昏暗的地面上。"

歌德又问，"这种昏暗的地面是怎样画出来的呢？"

我说，"它是一种很浓的阴影，是从那一丛树投到人物方面来的。呃，怎么搞的？"我惊讶起来了，"人物把阴影投到画这边来，而那一丛树又把阴影投到和看画者对立的那边去！这样，我们就从两个相反的方向受到光照，但这是违反自然的！"

歌德笑着回答说，"关键正在这旦啊！吕邦斯正是用这个办法来证明他伟大，显示出他本着自由精神站得比自然要高一层，按照他的更高的目的来处理自然。光从相反的两个方向射来，这当然是牵强歪曲，你可以说，这是违反自然。不过尽管这是违反自然，我还是要说它高于自然，要说这是大画师的大胆手笔，他用这种天才的方式向世人显示：艺术并不完全服从自然界的必然之理，而是有它自己的规律。"

歌德接着说，"艺术家在个别细节上当然要忠实于自然，要恭顺地模仿自然，他画一个动物，当然不能任意改变骨骼构造和筋络的部位。如果任意改变，就会破坏那种动物的特性。这就无异于消灭自然。但是，在艺术创造的较高境界里，一幅画要真正是一幅画，艺术家就可以挥洒自如，可以求助于虚构（Fiktion），吕邦斯在这幅风景画里用了从相反两个方向来的光，就是如此。

"艺术家对于自然有着双重关系：他既是自然的主宰，又是自然的奴隶。他是自然的奴隶，因为他必须用人世间的材料来进行工作，才能使人理解；同时他又是自然的主宰，因为他使这种人世间的材料服从他的较高的意旨，并且为这较高的意旨服务。

"艺术要通过一种完整体向世界说话。但这种完整体不是他在自然中所能找到的，而是他自己的心智的果实，或者说，是一种丰产的神圣的精神灌注生气的结果。

"我们如果只从表面看吕邦斯这幅风景画，一切都会显得很自然，仿佛是直接从自然临摹来的。但事实并非如此。这样美的一幅画是在自然中看不到的，正如普尚或克劳德·劳冉风景画一样，我们也觉得它很自然，但在现实世界里却找不出。"

我问，"像吕邦斯用双重光线这样的艺术虚构的大胆手笔，在文学里是否也有呢？"

歌德想了一会儿，回答说，"不必远找，我可以从莎士比亚的作品里举出十来个例子给你看。姑且只举《麦克白》。麦克白夫人要唆使她丈夫谋杀国王，说过这样的话：

……我喂过婴儿的奶……

这话是真是假，并没有关系，但是麦克白夫人这样说了，而且她必须这样说，才能加强她的语调。但是在剧本的后部分，麦克达夫听到自己的儿女全遭杀害时，狂怒地喊道：

他没有儿女啊！

这话和上面引的麦克白夫人的话正相反。但这个矛盾并没有使莎士比亚为难。他要的是加强当时语调的力量。麦克达夫说'他没有儿女'，正如麦克白夫人说'我喂过婴儿的奶'，都是为着加强语调。"

歌德接着说，"一般地说，我们都不应把画家的笔墨或诗人的语言看得太死、太窄狭。一件艺术作品是由自由大胆的精神创造出来的，我们也就应尽可能地用自由大胆的精神去观照和欣赏。"……

1827 年 5 月 6 日（《威廉·退尔》的起源；歌德重申自己作诗不从观念出发）

歌德家举行第二次宴会，来的还是前晚那些客人。关于歌德的《海伦后》和《塔索》谈得很多。歌德对我们讲，1797 年他有过一个计划，想用"退尔传说"写一部用六音步诗行的史诗。

他说，"在所说的那一年，我再次〔去瑞士〕游历了几个小州和四州湖。那里美丽而雄伟的大自然使我再度得到很深的印象，我起了一个念头，要写一篇诗来描绘这样丰富多彩、瞬息万变的自然风景。为着使这种描绘更生动有趣，我想到最好用一些引人入胜的人物来配合这样引人入胜的场所和背景。于是我想起退尔的传说在这里很合适。

"我想象中的退尔是个粗豪健壮、优游自得、淳朴天真的英雄人物。作为一个搬运夫，他在各州奔波，到处无人不知道他、不喜爱他，他也到处乐意给人一臂之助。他平平安安地干他的行业，供养着老婆和小男孩，不操心去管谁是主子，谁是奴隶。

"关于对立的一方，盖斯洛在我想象中是个暴君，不过他贪安逸，很随便，有时做点儿坏事，有时也做点儿好事，都不过借此寻寻开心。他对人民和人民的祸福概不关心，在他眼中没有人民存在。

"与此对立的人性中一些较高尚善良的品质，例如对家乡的热爱、对祖国法律保护下的自由和安全感、对遭受外国荒淫暴君的枷锁和虐待的屈辱感以及最后逐渐酝酿成熟的要摆脱可恨枷锁的坚强意志，我把这些优良品质分配给瓦尔特·富斯特、斯陶法肖和文克尔里特之类的高尚人物。这些才是我要写的史诗中的真正英雄人物，代表自觉行动的崇高力量，至于退尔和盖斯洛虽有时出现在情节里，总的采说，却只是一些被动的人物。

"当时我专心致志地在这个美好题目上运思，而且哼出了一些六音步格诗行。我看到静悄悄的湖光月色，以及月光照到的深山浓雾。然后我又看到最美的一轮红日之下充满生命和欢乐的森林和草原。我在心中又描绘出一阵雷电交加的暴风雨从岩壑掠过湖面。那里也不缺少寂静的夜景和小桥僻径的幽会。

"我把这一切都告诉了席勒。在他的意匠经营中，我的一些自然风景和行动的人物就形成了一部戏剧。因为我有旁的工作，把写史诗的计划拖延下去，到最后我就把我的题目完全交给席勒，他用这个题目写出了一部令人惊赞的大诗。"

我们听到这番引人入胜的叙述都感到高兴。我指出，《浮士德》第二部第一景用三行同韵格写的那段描绘红日东升的壮丽景致，可能就是根据对四州湖的回忆。

歌德说，"我不否认，那些景物确实是从四川湖来的。如果不是那里的美妙风景记忆犹新，我就不会用三行同韵格。不过我用退尔传说中当地风光的金子所熔铸成的作品也就止于此。其余一切我都交给席勒了。大家都知道，席勒对这种材料利用得非常美妙。"

话题于是转到《塔索》以及歌德在这部剧本中企图表现的观念。

歌德说，"观念？我似乎不知道什么是观念！我有塔索的生平，有我自己的生平，我把这两个奇特人物和他们的特性融会在一起，我心中就浮起塔索的形象，我又想出安东尼阿的形象作为塔索形象的散文性的对立面，这方面我也不缺乏蓝本。此外，宫廷生活和恋爱纠纷在魏玛还是和在菲拉拉完全一样；关于我的描绘，可以说句真话：这部剧本是我的骨头中的一根骨头，我的肉中的一块肉。

"德国人真是些奇怪的家伙！他们在每件事物中寻求并且塞进他们的深奥的思想和观念，因而把生活搞得不必要地繁重。哎，你且拿出勇气来完全信任你的印象，让自己欣赏，让自己受感动，让自己振奋昂扬、受教益，让自己为某种伟大事业所鼓舞！不要老是认为只要不涉及某种抽象思想或观念，一切都是空的。

"人们还来问我在《浮士德》里要体现的是什么观念，仿佛以为我自己懂得这是什么而且说得出来！从天上下来，通过世界，下到地狱，这当然不是空的，但这不是观念，而是动作情节的过程。此外，恶魔赌输了，而一个一直在艰苦的迷途中挣扎、向较完善境界前进的人终于得到了解救，这当然是一个起作用的、可以解释许多问题的好思想，但这不是什么观念，不是全部戏剧乃至每一幕都以这种观念为根据。倘若我在《浮士德》里所描绘的那丰富多彩、变化多端的生活能够用贯穿始终的观念这样一条细绳串在一起，那倒是一件绝妙的玩艺儿哩！"

歌德继续说，"总之，作为诗人，我的方式并不是企图要体现某种抽象的东西。我把一些印象接受到内心里，而这些印象是感性的、生动的、可喜爱的、丰富多彩的，正如我的活跃的想象力所提供给我的那样。作为诗人，我所要做的事不过是用艺术方式把这些观照和印象融会贯通起来，加以润色，然后用生动的描绘把它们提供给听众或观众，使他们接受的印象和我自己原先所接受的相同。

"如果我作为诗人，还想表现什么观念，我就用短诗来表现，因为在短诗中较易显出明确的整体性和统观全局，例如我的动物变形和植物变形两种科学研究以及《遗嘱》之类的小诗。我自觉地要力图表现出一种观念的唯一长篇作品也许是《情投意合》。这部小说因表现观念而较便于理解，但这并不是说，它因此就成了较好的作品。我更认为，一部诗作越莫测高深，越不易凭知解力去理解，也就越好。"

1828 年 10 月 20 日（艺术家凭伟大人格去胜过自然）

……

歌德说，"……已经发现许多杰作，证明希腊艺术家们就连在刻画动物时也不仅妙肖自然，而且超越了自然。英国人在世界上是最擅长相马的，现在也不得不承认有两个古代马头雕像在形状上比现在地球上任何一种马都更完美。这两个马头雕刻是希腊鼎盛时代传下来的。在惊赞这种作品时，我们不要认为这些艺术家是按照比现在更完美的自然马雕刻成的，事实是，随着时代和艺术的进展，艺术家们自己的人格已陶冶得很伟大，他们是凭着自己的伟大人格去对待自然的。"

……

歌德又说，"……关键在于是什么样的人，才能做出什么样的作品。但丁在我们看来是伟大的，但是他以前有几个世纪的文化教养。罗特希尔德家族是富豪，但是他们的家资不只是由一代人积累起来的。这种事情比人们所想到的要更深刻些。我们的守旧派艺术家们不懂得这个道理，他们凭着人格的软弱和艺术上的无能去模仿自然，自以为做出了成绩。其实他们比自然还低下。谁要想做出伟大的作品，他就必须提高自己的文化教养，才可以像希腊人一样，把猥琐的实际自然提高到他自己的精神的高度，把自然现象中由于内在弱点或外力阻碍而仅有某种趋向的东西实现出来。"

1829 年 2 月 4 日（奥斯塔特的画）

……

歌德叫人取来一部装满素描和版画的画册。他默默地看了几幅之后，就让我看根据奥斯塔特原画刻制的一幅很美的版画。他说，"这里你可以看到一个贤夫贤妻的场面。"我看到这幅版画很欢喜。画的是一间农民住房的内部，厨房、客厅和卧房都是这一间。夫妻面对面坐着，妻在纺纱，夫在络纱，两人脚边躺着一个婴儿。房里面摆着一张床，地上到处摆着一些最粗陋、最必需的日用家具，门直通露天空地。这幅画充分表现出局促情况下的婚姻生活的幸福。从这对夫妻对面相觑的面容上，可以看出心满意足、安适和恩爱的意味。

我说，"这幅画越看越使人欢喜，它有一种独特的魔力。"

歌德说，"那是一种感性魔力，是任何艺术所不可缺少的，而在这类题材中则全靠它才引人入胜。另一方面，在表现较高的意趣时，艺术家走到理想方面，就很难同时显出应有的感性魔力，因而不免枯燥乏味。在这方面，青年人和老年人就有宜与不宜之分，因此艺术家选择题材时应省度自己的年纪。我写《伊菲革涅亚》和《塔索》那两部剧本获得了成功，就因为当时我还够年轻，还可以把我的感性气质渗透到理想性的题材里去，使它有生气。现在我年老了，理想性题材对我已不合适，我宁愿选择本身已具有感性因素的题材……"

……

1829 年 4 月 10 日（劳冉的画达到外在世界与内心世界的统一；歌德学画的经验）

"在等着上汤，我趁此让你饱一下眼福。"说了这句友好的话，歌德就把一本克劳德·劳冉的风景画摆在我面前。

我是初次看到这位大画师的作品。印象不同寻常，每翻阅一页，我越看越惊赞。两边分布着大片阴影，显得雄强有力，强烈的日光从背后射到空中，在水里现出返影，也产生出一种明确有力的印象。我觉得这是在这位大画师作品中经常出现的艺术规矩。我也高兴地看到每幅画都构成一个独立小天地，其中没有一件东西不符合或不烘托出主导的情调。不管画的是一个海港，停着一些船，水边渔人在活跃地工作，耸立着一些漂亮的房屋；或是一片寂静的荒山丘，山羊在吃草，小溪上横着小桥，几窝矮树丛夹着一棵枝叶扶疏的大树，一个牧羊人躺在树荫里吹笛；或是一片沼泽地中一些静止的小池塘，在酷热的夏天给人一种清凉感；随便在哪一幅里，你总可以看到全局和谐一致，没有哪一点不和全局相称，没有哪一件是勉强拼凑来的东西。

歌德对我说，"这一次你从这些画里看到了一个完全的人，他想到的和感觉到的都美，他胸中有一个在外界不易看到的世界。这些画都具有最高度的真实，但是没有一点儿实在的痕迹。克劳德·劳冉最熟悉现实世界，直到其中的最微小的细节，他用这些作为媒介，来表现他的优美的心灵世界。这正是真正的理想性，它会把现实媒介运用来产生一种幻觉，仿佛像是真的东西，像是实在的或实有其事。"

……

歌德接着说，"在过去一切时代里，人们说了又说，人应该努力认识自己。这是一个奇怪的要求，从来没有人做得到，将来也不会有人做得到。人的全部意识和努力都是针对外在世界即周围世界的，他应该做的就是认识这个世界中可以为他服务的那部分，来达到他的目的。只有在他感到欢喜或苦痛的时候，人才认识到自己；人也只有通过欢喜和苦痛，才学会什么应追求和什么应避免。除此以外，人是一个蒙昧物，不知道自己从哪里来，向哪里去，他对世界知道得很少，对自己知道得更少。我就不认识我自己，但愿上帝不让我认识自己！我想说的只有一点，当我四十岁在意大利时我才有足够的聪明，认识到自己没有造型艺术方面的才能，原先我在这方面的志向是错误的。如果我画点儿什么，我就缺乏足够的动力去掌握物体形象。我有点儿害怕，怕对象对我施加过分强烈的压力，比较柔和有节制的东西才合我的口味。如果我画一幅风景画，我总是从较暗淡的远景画起，画到中部，对前景总不敢把它画得有足够的魄力，所以我的画产生不出应有的效果。此外，我不经过练习就没有进步，如果没有画完就搁下来，再画时总是要重新从头画起。可是我在这方面也不是毫无才能，特别是就风景画来说。哈克尔特经常对我说，'假如你愿跟我在一起住上一年半，你会作出使你自己和旁人都喜欢的画哩。'"

我很感兴趣地听了这番话，就问，"一个人怎样才能知道自己在造型艺术方面有真正的才能呢?"

歌德回答说，"真正的才能对形象、关系和颜色要有天生的敏感，不要多少指导，很快就会处理得妥帖。对物体形状要特别敏感，还要有一种动力或自然倾向，能通过光照把物体形状画得仿佛伸手可摸那样活灵活现，纵使在练习间歇期间，画艺仍在下意识里进展和增长。这样一种才能是不难认识出的，认识得最准确的是画师。"

……

1829 年 4 月 12 日 （错误的志向对艺术有弊也有利）

……

歌德继续说，"最糟糕的是人们在生活中经常受到错误志向的阻碍而不自知，直到摆脱了那些阻碍时才明白过来。"

我问，"怎样才能知道一个志向是错误的呢?"

歌德回答说，"错误的志向不能创作出什么，纵使有所创作，作品也没有价值。察觉旁人的错误志向并不难，难在察觉自己的错误志向，这需要很大的神智清醒。就连察觉了也往往无济于事。人们还是在踌躇、犹疑，决定不下来，就像一个人总舍不得抛弃一个心爱的姑娘，尽管已有很多迹象证明她不忠贞。我这样说，是因为我想到自己需要经过许多年才察觉我原先要从事造型艺术的志向是错误的，而且以后又经过许多年，才决定放弃造型艺术。"

我说，"你要搞造型艺术的志向给你带来了很大的益处，很难说它是错误的。"

歌德说，"我获得了见识，所以我可以安心了。这就是从错误志向中所能得到的益处。对音乐没有适当才能的人要搞音乐，固然不会成为音乐大师，但是他可以由此学会识别和珍视音乐大师所作的乐调。尽管我费过大力，我没有能成为艺术家；可是我既然尝试过每门艺术，我也学会了懂得每一个色调，会区别好坏。这就是个不小的收获，所以错误的志向也不是毫无益处……"

1831 年 2 月 13 日（文艺须显出伟大人格的魄力，近代文艺通病在纤弱）

……

饭后我们在一起翻看最近一些画家的作品，特别是风景画的镌刻复制品，高兴地看到其中没有什么毛病。歌德说，"许多世纪以来画家们在世界上已作出许多好作品，它们发生了影响，又产生了一些好作品，这是不足为奇的。"

我说，"不幸的是错误的教条太多，使有才能的青年人无所适从。"

歌德说，"你这话确有实证，我们见过整代的人被错误的教条损害了，毁掉了，我们自己也受过害。此外，在我们的时代，错误的言论很容易通过印刷品而广泛流传。一个文艺批评家经过一些年的阅历会在思想上有所改进，能把后来较正确的信念传播给群众，但是他从前的错误教条同时也还在发生影响，像毒草在蔓延，把好草的地位侵占了。我感到的唯一安慰是，真正伟大的作家是不会误入歧途，遭到毁坏的。"

我们继续研究这些复制的画。歌德说，"这倒是些真正的好画。你面临的确实是些颇有才能的画家，他们学习到不少东西，获得了一定程度的艺术鉴赏力和艺术技巧，只是所有这些画似乎都缺乏了什么，缺乏的就是男子汉的魄力，请注意'男子汉'这个词，并加上着重符号。这些画缺乏打动人的力量。这种力量在过去一些世纪里到处都表现出来，现在却看不到了。这种情况并不限于绘画，其他各种艺术也有通病。我们这一代人的通病是软弱，原因很难说，不知道是由于遗传还是由于贫乏的教育和营养。"

我说，"由此可以看出伟大人格在艺术里多么重要，在过去一些世纪里，伟大人格是常见的。记得我们在威尼斯时站在惕辛和维罗涅斯的作品前，立刻就感到这些画师的雄健精神，无论是在最初题材构思方面，还是在最后创作实践方面。他们的雄伟力量渗透到全幅画的每一部分。在欣赏时艺术家人格的这种雄伟力量开阔了我们的心胸，把我们提升到从来没有过的高度。您所说的那种男子汉的魄力，在吕邦斯的风景画里特别可以感觉到。尽管他画的只是些树木、土壤、水、岩石和云彩，这些形状都显示出他的雄伟力量。所以我们所看到的虽只是熟识的自然景物，它们却渗透了艺术家的雄伟力量，而且是按照艺术家的观点再现出来的。"

歌德说，"在艺术和诗里，人格确实就是一切。但是最近文艺批评家和理论家由于自己本来就虚弱，却不承认这一点，他们认为在文艺作品里，伟大人格不过是微不足道的多余的因素。

"当然，一个人必须自己是个人物，才会感觉到一种伟大人格而且尊敬它。凡是不肯承认欧里庇得斯崇高的人，不是自己够不上认识这种崇高的可怜虫，就是无耻的冒充内行的骗子，想在庸人眼里抬高自己的身价，而实际上也居然显得比他原有的身价高些。"

《歌德谈话录》首先值得注意得是其所体现出来的几个关于文学理论的重要概念：比如浪漫的与古典的，艺术与自然，世界文学等。这些几乎都是歌德在他生命的最后阶段，在总结了他几十年创作经验和对古典文艺作品进行深入思考的基础上提出来的，无不闪耀着智性的光辉。《少年维特之烦恼》使歌德享有了世界级的声誉，他自己也首次提出了"世界文学"的概念。认为全面地考察文学，不应该局限于一个国家、一个民族的文学，而应该给予其他民族的文学充分的注意。这种"大文学"观表现在谈话录中，使他在讨论具体文学作品和某些作家的时候，可以进行跨国度的比较，也可以对不同民族的思维特征、文学精神进行考察。

1824 年 11 月 24 日（古希腊罗马史；德国文学和法国文学的对比）

今晚在看戏前我去看了歌德，发现他很健康，兴致很好。他问到来魏玛的一些英国青年。我告诉他说，我有意陪杜兰先生读普鲁塔克的德文译本。这就把话题引到罗马和希腊的历史，歌德对此提出以下的看法：

"罗马史对我们来说已不合时了。我们已变得很人道，对恺撒的战功不能不起反感。希腊史也不能使我们感到乐趣。希腊人在抵御外敌时固然伟大光荣，但是在诸城邦的分裂和永无休止的内战中，这一帮希腊人对那一帮希腊人进行战斗，这却是令人不能容忍的。此外，我们这个时代的全部历史都是伟大的、有重要意义的。来比锡战役和滑铁卢战役的丰功伟绩使马拉松之类战役黯然无光了。我们这个时代的一些英雄人物也不比古代的逊色，例如法国的一些元帅、德国的布柳肖和英国的威灵顿都完全可以和古代那些英雄人物比美。"

话题转到现代法国文学以及法国人对德国作品的日益增长的兴趣。

歌德说，"法国人在开始研究和翻译我们德国作家，倒是做得很对，因为他们在形式和内容主题方面都很狭隘，没有其他办法，只能向外国借鉴。我们德国人受到指责的也许在不讲究形式，但是在内容材料方面，我们比法国人强，考茨布和伊夫兰的剧本就有很丰富的内容主题，够他们长期采用，用之不竭的。但是特别值得法国人欢迎的是我们的哲学理想性，因为每种理想都可以服务于革命的目的。

"法国人有的是理解力和机智，但缺乏的是根基和虔敬。对法国人来说，凡是目前用得上的、对党派有利的东西都仿佛是对的。因此，他们称赞我们，并不是因为承认我们的优点，而只是因为用我们的观点可以加强他们的党派。"

接着谈到我们德国文学以及对某些青年作家有害的东西。

歌德说，"大多数德国青年作家唯一的缺点，就在于他们的主观世界里既没有什么重要的东西，又不能到客观世界里去找材料。他们至多也只能找到合自己胃口、与主观世界相契合的材料。至于对本身自在价值，也就是本来具有诗意的材料，也须契合主观世界才被采用；如果它不契合主观世界，那就用不着对它进行思考了。

"不过像以前说过的，只要我们有一些由深刻研究和生活情境培育起来的人物，至少就我们的青年抒情诗人来说，前途还是很光明的。"

1824 年 12 月 3 日（但丁像；劝爱克曼专心研究英国文学）

最近我接到邀约，要我替一种英国期刊按月就德国文坛上最近的作品写些短评，条件很优厚，我有意接受这份邀约，但是想到把这件事先向歌德说一声也许妥当些。

今晚我在上灯的时刻去看了歌德。窗帘已经放下来了，歌德坐在刚吃过晚饭的桌子旁边。桌上点着两支烛，照到他自己的脸上，也照到摆在他面前的一座巨大的半身像上。他正在观赏这座雕像。他向我致友好的问候之后，就指着雕像给我看，问我"这是谁?"我说，"是一位诗人，像是一位意大利人。"歌德说，"这就是但丁。头部很美，雕得好，可是不完全令人欢喜。已经老了，腰弯了，面带怒气，皮肉松散下垂，仿佛是刚从地狱里出来的。我还有一枚但丁像章，是他还在世时刻的，在一切方面都比这座雕像美得多。"歌德就站起来拿像章给我看。"你看，鼻子多么有魄力，上唇也很有魄力似的鼓起，下腭显出使劲的样子，和下腭骨配合得多么好！至于这座半身雕像，在眼睛和额头部分与像章上的也大致一样，但在其余一切部分就显得较软弱、较苍老了。不过我也不是要责备这件新作品，它大体上还是很好的，值得赞赏的。"

接着歌德又问我近几天来过得怎样，想些什么，做些什么。我就告诉他我接到邀约，要我替一种英国期刊就最近的德国散文文学作品按月写些短评，条件很优厚，我很有意接受这项任务。

歌德一直到现在都是和颜悦色的，听到这番话马上沉下脸来，让我看出他的全部面容都显出对我的意图不赞成。

他说，"我倒希望你的朋友们不要侵扰你的安宁。他们为什么要你干超出正业而且违反你的自然倾向的事呢？我们有金币、银币和纸币，每一种都有它的价值和兑换率。但是要对每一种作出正确的估价，就须弄清兑换率。在文学方面也是如此。对金银币你是会估价的，对纸币你就不会估价，还不在行，你的评论就会不正确，就会把事情弄糟。如果你想正确，想让每一种作品都摆在正确的地位，你必须拿它和一般德国文学摆在一起来衡量，这就要费不少工夫去研究。你必须回顾一下史雷格尔弟兄有什么意图和什么成就，然后还要遍读所有的德国新进作家，例如弗朗茨·霍恩、霍夫曼、克洛林之流。这还不够，还要每天看报纸，从晨报到晚报，以便马上知道一切新出现的作品，这样你就要糟蹋你的光阴。此外，你对于准备评论得比较透辟的书不能只匆匆浏览，还必须加以研究。你对这种工作能感到乐趣吗？最后，如果你发现坏书真坏，你还不能照实说出，否则就要冒和整个文坛交战的风险。

"不能这样办，听我的话，拒绝接受这项任务。这不是你的正业。你得随时当心不要分散精力，要设法集中精力。三十年前我如果懂得这个道理，我的创作成就会完全不同。我和席勒在他主编的《时神》和《诗神年鉴》

两个刊物上破费了多少时间呀！现在我正在翻阅席勒和我的通信，一切往事都栩栩如在目前，我不能不追悔当时干那些工作惹世人责骂，对自己没有一点儿好处的事。有才能的人看到旁人做的事总是自信也能做，这其实不然，他总有一天会追悔浪费精力。你卷起头发，只能管一个夜晚，这对你有什么好处？你不过是把一些卷发纸放在头发里，等到第二个夜晚，头发又竖直了。"

他接着说，"你现在应该做的事是积累取之不尽的资本。你现在已开始学习英文和英国文学，你从这里就可以获得所需要的资本。坚持学习下去，利用你和几位英国青年相熟识的好机会。你在少年时代没有怎么学习，所以你现在应该在像英国文学那样卓越的文学中抓住一个牢固的据点。此外，我们德国文学大部分就是从英国文学来的！我们从哪里得到了我们的小说和悲剧，还不是从哥尔德斯密斯、菲尔丁和莎士比亚那些英国作家那得来的？就目前来说，德国哪里去找出三个文坛泰斗可以与拜伦、穆尔和瓦尔特·司各特并驾齐驱呢？所以我再说一遍，在英国文学中打下坚实基础，把精力集中在有价值的东西上面，把一切对你没有好处和对你不相宜的东西都抛开。"

我很高兴，我引起歌德说出了这番话，心里安定下来了，决心完全照他的话做下去。

这时传达室报告密勒大臣来了。他和我们一起坐下。话题又回到摆在我们面前的那座但丁半身像以及他的生平和作品，特别提到但丁诗的艰涩。我们谈到，连但丁的本国人也没有读懂他，所以外国人更不容易窥测到他的奥秘。歌德转过来向我说，"你的忏悔神父趁这个机会绝对禁止你研究这位诗人。"

歌德接着又说，"他的诗难懂，主要应归咎于韵的笨重。"此外，歌德评论但丁，表明还是非常崇敬他的。我注意到他不满意"才能"（Talent）这个词，把但丁叫做一种"天性"，指的仿佛是一种更周全、更富于预见性、更深更广的品质。

1825 年 10 月 15 日（近代文学界的弊病，根源在于作家和批评家们缺乏高尚的人格）

今晚歌德显得特别兴高采烈，我有幸又从他口里听到许多重要的话。我们谈到文学界的近况，歌德发表了以下的意见：

"一些个别的研究者和作者们人格上的欠缺，是最近我们文学界一切弊病的根源。特别在批评方面，这种缺点对世界很有害，因为它不是混淆是非，就是用一种微不足道的真相去取消对我们更好的伟大事物。

"已往世人都相信路克里蒂娅和斯克夫拉那样人物的英勇，并且受到鼓舞。现在却出现一种历史批判，说这些人物根本不曾存在，他们只能看做罗马人的伟大幻想所虚构的传说。这样一种可怜的真相对我们有什么好处呢？罗马人既然足够伟大，有能力虚构出这样的传说，我们就没有一点儿伟大的品质去相信这种传说吗？

……

歌德还谈到另一类研究者和作者。他说，"我如果不曾通过科学研究来考察这类人，就决不会看出他们多么卑鄙，多么不关心真正伟大的目标。可是通过研究，我看出多数人讲学问只是把它看做饭碗，他们甚至奉谬误为神圣，借此谋生。

"美文学领域的情况也并不比较好。伟大的目标，对真理和德行的爱好和宣扬，在这个领域里也是很稀罕的现象。甲吹捧乙，支持乙，因为希望借此得到乙的吹捧和支持。真正伟大的东西在这帮人看来是可厌恨的，他们总想使它淹没掉，让他们在'猴子世界称霸王'。大众如此，显要人物们也好不了多少。

"某人凭他的卓越才能和渊博学识本来可以替本民族作出很大的贡献。但是由于他没有人格，他没有在我国产生非凡的影响，也没有博得国人的崇敬。

"我们所缺乏的是一个像莱辛似的人，莱辛之所以伟大，全凭他的人格和坚定性！那样聪明博学的人到处都是，但是哪里找得出那样的人格呢！

　　"很多人足够聪明，有满肚子的学问，可是也有满脑子的虚荣心，为着让眼光短浅的俗人赞赏他们是才子，他们简直不知羞耻，对他们来说，世间没有什么东西是神圣的。

　　"所以根里斯夫人指责伏尔泰放纵自由，亵渎神圣，她是完全正确的。伏尔泰的一切话尽管都很俏皮，但是对世界没有一点儿好处，不能当做什么根据，而且贻害很大，因为淆乱视听，使人无所依据。

　　"说到究竟，我们知道什么呢？凭我们的全部才智，我们能知道多少呢？人生下来，不是为着解决世界问题，而是找出问题所在，谨守可知解的范围去行事。

　　"单靠人的能力是不能衡量整个宇宙的一切活动的。凭人的狭隘观点，要想使整个世界具有理性，那是徒劳的。人的理性和神的理性完全是两回事。"

　　……

　　"我们只能把对世界有益的那些高尚原则说出来，把其他原则藏在心里，它们会像潜藏的太阳，把柔和的光辉照射到我们的一切行动上。"

1826 年 1 月 29 日（衰亡时代的艺术重主观；健康的艺术必然是客观的）

　　第一流的德国即席演唱家、汉堡的沃尔夫博士来到这里已有几天，并且公开展示过他的稀有才能了。星期五晚上，他向广大听众和魏玛宫廷显贵作了一次即席演唱的光辉表演。当天晚上他就接到歌德的一份请帖，时间约在次日中午。

　　昨晚他在歌德面前表演之后，我跟他谈过话。他非常兴高采烈，说这天晚上在他的生平将是划时代的；因为歌德对他说了几句话，向他指出一条崭新的道路，并且一针见血地指出了他的毛病。

　　今晚我在歌德家，话题立即针对着沃尔夫。我告诉歌德说，"您给沃尔夫的忠告，他听到很欢喜。"

　　歌德说，"我对他很直率，如果我的话对他发生了影响，引起了激动，那倒是一个吉兆。他无疑有明显的才能，但是患着现时代的通病，即主观的毛病，我想对他进行医疗。我出了一个题目来试验他，向他说，请替我描绘一下你回汉堡的行程。他马上就准备好了，信口说出一段音调和谐的诗。我不能不感到惊讶，但是我并不赞赏。他描绘的不是回到汉堡的行程，而只是回到父母亲友身边的情绪，他的诗用来描绘回到汉堡和用来描绘回到梅泽堡或耶拿都是一样。可是汉堡是多么值得注意的一个奇特的城市啊！如果他懂得或敢于正确地抓住题目，汉堡这个丰富的领域会提供多么好的机会来作出细致的描绘啊！"

我插嘴说，"这种主观倾向要归咎于听众，听众都明确地对卖弄情感的货色喝彩嘛。"

歌德说，"也许是那样，但是听众如果能听到较好的东西，他们会更高兴。我敢说，如果凭沃尔夫的即席演唱的才能，来忠实地描绘罗马、那不勒斯、维也纳、汉堡或伦敦之类大城市的生活，把它描绘得有声有色，使听众觉得一切如在目前，他们都会欣喜若狂。沃尔夫如果能对客观事物鞭辟入里，他就会得救。这是他能办到的，因为他并不缺乏想象力。只是他必须当机立断，牢牢抓住客观真相。"

我说，"我恐怕这比我们所想象的要难，因为这需要他的思想方式来一个大转变。如果他要做到这一点，那么他在创作方面就要有一个暂时的停顿，因为还要经过长期锻炼，才能熟悉客观事物，客观事物对他才成为一种第二自然。"

歌德说，"跨出的这一步当然是非常大的；不过他必须拿出勇气，当机立断。这正如在游泳时怕水，我们只要把心一横，马上跳下去，水就归我们驾驭了。"

歌德接着说，"一个人如果想学歌唱，他的自然音域以内的一切音对他是容易的，至于他的音域以外的那些音，起初对他却是非常困难的。但是他想成为一个歌手，就必须克服那些困难的音，因为他必须能够驾驭它们。就诗人来说，也是如此。要是他只能表达他自己的那一点儿主观情绪，那么他还算不上什么；但是一旦能掌握住世界而且能把它表达出来，他就是一个诗人了。此后他就有写不尽的材料，而且能写出经常是新鲜的东西，至于主观诗人，却很快就把他的内心生活的那一点儿材料用完，而且终于陷入习套作风了。

"人们老是谈要学习古人，但是这没有什么别的意思，只是说，要面向现实世界，设法把它表达出来，因为古人也正是写他们在其中生活的那个世界。"

歌德站起来在室内走来走去，我遵照他的意思仍在桌旁凳上坐着。他在炉旁站了一会儿，若有所思，又走到我身边来，把手指按着嘴唇向我说：

"现在我要向你指出一个事实，这是你也许会在经验中证实的。一切倒退和衰亡的时代都是主观的，与此相反，一切前进上升的时代都有一种客观的倾向。我们现在这个时代是一个倒退的时代，因为它是一个主观的时代。这一点你不仅在诗方面可以看出，就连在绘画和其他许多方面也可以看出。与此相反，一切健康的努力都是由内心世界转向外在世界，像你所看到的一切伟大的时代都是努力前进的，都是具有客观性格的。"

这些话引起了一次顶有趣的谈话，特别提到了十五和十六世纪那个伟大的时期。

话题又转到戏剧和近代作品中的软弱、感伤和忧郁的现象。我说，"现在我正从莫里哀那里得到力量和安慰。我已经把他的《悭吝人》译出来，现在正译《不由自主的医生》。莫里哀真是一位纯真伟大的人物啊！"歌德说，"对，'纯真的人物'对他是一个很恰当的称呼，他没有什么隐讳或歪曲的地方。还有他的伟大！他统治着他那个时代的风尚，我们德国伊夫兰和考茨布这两个喜剧家却不然，他们都受现时德国风尚的统治，就局限在这种风尚里，被它围困住。莫里哀按照人们本来的样子去描绘他们，从而惩戒他们。"

……

1827 年 1 月 31 日（中国传奇和贝朗瑞的诗对比；"世界文学"；曼佐尼过分强调史实）

在歌德家吃晚饭。歌德说，"在没有见到你的这几天里，我读了许多东西，特别是一部中国传奇，现在还在读它。我觉得它很值得注意。"

我说，"中国传奇？那一定显得很奇怪呀。"

歌德说，"并不像人们所猜想的那样奇怪。中国人在思想、行为和情感方面几乎和我们一样，使我们很快就感到他们是我们的同类人，只是在他们那里一切都比我们这里更明朗，更纯洁，也更合乎道德。在他们那里，一切都是可以理解的，平易近人的，没有强烈的情欲和飞腾动荡的诗兴，因此和我写的《赫尔曼与窦绿台》以及英国理查生写的小说有很多类似的地方。他们还有一个特点，人和大自然是生活在一起的。你经常听到金鱼在池子里跳跃，鸟儿在枝头歌唱不停，白天总是阳光灿烂，夜晚也总是月白风清。月亮是经常谈到的，只是月亮不改变自然风景，它和太阳一样明亮。房屋内部和中国画一样整洁雅致。例如'我听到美妙的姑娘们在笑，等我见到她们时，她们正躺在藤椅上'，这就是一个顶美妙的情景。藤椅令人想到极轻极雅。故事里穿插着无数的典故，援用起来很像格言，例如说有一个姑娘脚步轻盈，站在一朵花上，花也没有损伤；又说有一个德才兼备的年轻人三十岁就荣幸地和皇帝谈话，又说有一对钟情的男女在长期相识中很贞洁自持，有一次他俩不得不同在一间房里过夜，就谈了一夜的话，谁也不惹谁。还有许多典故都涉及道德和礼仪。正是这种在一切方面保持严格的节制，使得中国维持到几千年之久，而且还会长存下去。"

歌德接着说，"我看贝朗瑞的诗歌和这部中国传奇形成了极可注意的对比。贝朗瑞的诗歌几乎每一首都根据一种不道德的淫荡题材，假使这种题材不是由贝朗瑞那样具有大才能的人来写的话，就会引起我的高度反感。贝朗瑞用这种题材却不但不引起反感，而且引人入胜。请你说一说，中国诗人那样彻底遵守道德，而现代法国第一流诗人却正相反，这不是极可注意吗？"

我说，"像贝朗瑞那样的才能对道德题材是无法处理的。"歌德说，"你说得对，贝朗瑞正是在处理当时反常的恶习中揭示和发展出他的本性特长。"我就问，"这部中国传奇在中国算不算最好的作品呢？"歌德说，"绝对不是，中国人有成千上万这类作品，而且在我们的远祖还生活在野森林的时代就有这类作品了。"

　　歌德接着说，"我越来越深信，诗是人类的共同财产。诗随时随地由成百上千的人创作出来。这个诗人比那个诗人写得好一点儿，在水面上浮游得久一点儿，不过如此罢了。马提森先生不能自视为唯一的诗人，我也不能自视为唯一的诗人。每个人都应该对自己说，诗的才能并不那样稀罕，任何人都不应该因为自己写过一首好诗就觉得自己了不起。不过说句实在话，我们德国人如果不跳开周围环境的小圈子朝外面看一看，我们就会陷入上面说的那种学究气的昏头昏脑。所以我喜欢环视四周的外国民族情况，我也劝每个人都这么办。民族文学在现代算不了很大的一回事，世界文学的时代已快来临了。现在每个人都应该出力促使它早日来临。不过我们一方面这样重视外国文学，另一方面也不应据守某一种特殊的文学，奉它为模范。我们不应该认为中国人或塞尔维亚人、卡尔德隆或尼伯龙根就可以作为模范。如果需要模范，我们就要经常回到古希腊人那里去找，他们的作品所描绘的总是美好的人。对其他一切文学我们都应只用历史的眼光去看。碰到好的作品，只要它还有可取之处，就把它吸收过来。"

　　……

　　我们谈到曼佐尼。……

　　歌德说，"曼佐尼什么都不差，差的只是他不知道自己是个很优秀的诗人，也不知道作为诗人他应享有的权利。他太重视历史，因此他爱在所写的剧本中加上许多注解，来证明他多么忠于史实细节。可是不管他的事实是不是历史的，他的人物却不是历史的，正如我写的陶阿斯和伊菲革涅亚不是什么历史人物一样。没有哪一个诗人真正认识他所描绘的那些历史人物，纵使认识，他也很难利用他所认识的那种形象。诗人必须知道他想要产生的效果，从而调整所写人物的性格。如果我设法根据历史记载来写哀格蒙特，他是一打儿女的父亲，他的轻浮行为就会显得很荒谬。我所需要的哀格蒙特是别样的，须符合他的动作情节和我的诗的观点。克蕾尔欣说得好，这是我的哀格蒙特。

　　"如果诗人只复述历史学家的记载，那还要诗人干什么呢？诗人必须比历史学家走得远些，写得更好些。索福克勒斯所写的人物都显出那位伟大诗人的高尚心灵。莎士比亚走得更远些，把他所写的罗马人变成了英国人。他这样做是对的，否则英国人就不会懂。"

……

1827年5月3日（民族文化对作家的作用；德国作家处境不利；德国和法、英两国的比较）

斯塔普弗译的歌德戏剧集非常成功，安培尔先生去年在巴黎《地球》杂志上发表了一篇也很高明的书评。这篇书评歌德很赞赏，经常提到它，并表示感激。

他说，"安培尔先生的观点是很高明的。我国评论家在这种场合总是从哲学出发，评论一部诗作时所采取的方式，恣意在阐明原书的文章只有他那一派的哲学家才看得懂，对其余的人却比他要阐明的原著还更难懂。安培尔先生的评论却切实而又通俗。作为一个行家，他指出了作品与作者的密切关系，把不同的诗篇当作诗人生平不同时期的果实来评论。

"他极深入地研究了我的尘世生活的变化过程以及我的精神状态，并且也有本领看出我没有明说而只在字里行间流露出来的东西。他正确地指出，我在魏玛做官的宫廷生活头十年中几乎没有什么创作，于是在绝望中跑到意大利，在那里带着创作的新热情抓住了塔索的生平，用这个恰当的题材来创作，从而摆脱了我在魏玛生活中的苦痛阴郁的印象和回忆。所以他把我的塔索恰当地称为提高了的维特。

"关于《浮士德》，他说得也很妙，他指出不仅主角浮士德的阴郁的、无餍的企图，就连那恶魔的鄙夷态度和辛辣讽刺，都代表着我自己性格的组成部分。"

……

我们一致认为安培尔先生一定是个中年人，才能对生活与诗的互相影响懂得那样清楚。所以我们感到很惊讶，前几天安培尔先生到魏玛来了，站在我们面前的却是一个活泼快乐的二十岁左右的小伙子！我们和他多来往了几次，还同样惊讶地听他说，《地球》的全部撰稿人（这些人的智慧、克制精神和高度文化教养是我们一向钦佩的）都是年轻人，和他的年纪差不多。

我说，"我很理解一个年轻人能创作出重要的作品，例如梅里美在二十岁就写出了优秀作品。但是像这位《地球》撰稿人那样年轻就能如此高瞻远瞩，见解深刻，显出高度的判断力，这对于我却完全是件新鲜事。"

歌德说，"对于像你这样在德国荒原上出生的人来说，这当然是不很容易的，就连我们这些生在德国中部的人要得到一点儿智慧，也付出了够高的代价。我们全都过着一种基本上是孤陋寡闻的生活！我们很少接触真正的民族文化，一些有才能、有头脑的人物都分散在德国各地，东一批，西一批，彼此相距好几百里，所以个人间的交往以及思想上的交流都很少有。当亚·韩波尔特来此地时，我一天之内从他那里得到的我所寻求和必须知道的东西，是我在孤陋状态中钻研多年也得不到的。从此我体会到，孤陋寡闻的生活对我们意味着什么。

"但是试想一想巴黎那样一个城市。一个大国的优秀人物都聚会在那里，每天互相来往，互相斗争，互相竞赛，互相学习和促进。那里全世界各国最好的作品，无论是关于自然还是关于艺术的，每天都摆出来供人阅览；还试想一想在这样一个世界首都里，每走过一座桥或一个广场，就令人回想起过去的伟大事件，甚至每一条街的拐角都与某一历史事件有联系。此外，还须设想这并不是死气沉沉时代的巴黎，而是十九世纪的巴黎，当时莫里哀、伏尔泰、狄德罗之类人物已经在三代人之中掀起的那种丰富的精神文化潮流，是在全世界任何一个地点都不能再看到的。这样想一想，你就会懂得，一个像安培尔这样有头脑的人生长在这样丰富的环境中，何以在二十四岁就能有这样的成就。

"你刚才说过，你可以理解一位二十岁的青年能写出梅里美所写的那样好的作品，我毫不反对你的话，但是总的来说，我也同意你的另一个看法：对于一个年轻人来说，写出好作品要比作出正确判断来得容易。但是在我们德国，一个人最好不要在梅里美那样年轻时就企图写出像梅里美的《克拉拉·嘉祚尔》那样成熟的作品。席勒写出《强盗》、《阴谋与爱情》和

《费厄斯柯》那几部剧本时，年纪固然还很轻，不过说句公道话，这三部剧本都只能显出作者的非凡才能，还不大能显出作者文化教养的高度成熟。不过这不能归咎于席勒个人，而是要归咎于德国文化情况以及我们大家都经历过的在孤陋生活中开辟道路的巨大困难。

　　"另一方面可举贝朗瑞为例。他出身于贫苦的家庭，是一个穷裁缝的后裔。他有一个时期是个穷印刷学徒，后来当个低薪小职员。他从来没有进过中学或大学。可是他的诗歌却显出丰富的成熟的教养，充满着秀美和微妙的讽刺精神，在艺术上很完满，在语言的处理上也独具匠心。所以不仅得到整个法国而且也得到整个欧洲文化界的惊赞。

　　"请你设想一下，这位贝朗瑞假若不是生在巴黎并且在这个世界大城市里成长起来，而是耶拿或魏玛的一个穷裁缝的儿子，让他在这些小地方困苦地走上他的生活途程，请你自问一下，一棵在这种土壤和气氛中生长起来的树，能结出什么样的果实呢？

　　"所以我重复一句，我的好朋友，如果一个有才能的人想迅速地幸运地发展起来，就需要有一种很昌盛的精神文明和健康的教养在他那个民族里得到普及。

　　"我们都惊赞古希腊的悲剧，不过用正确的观点来看，我们更应惊赞的是使它可能产生的那个时代和那个民族，而不是一些个别的作家。因为这些悲剧作品彼此之间尽管有些小差别，这些作家之中尽管某一个人显得比其他人更伟大、更完美一点儿，但是总的看来，他们都有一种始终一贯的独特的性格。这就是宏伟、妥帖、健康、人的完美、崇高的思想方式、纯真而有力的观照以及人们还可举出的其他特质。但是，如果这些特质不仅显现在流传下来的悲剧里，而且也显现在史诗和抒情诗里，乃至在哲学、辞章和历史之类著作里；此外，在流传下来的造型艺术作品里这些特质也以同样的高度显现出来，那么我们由此就应得出这样的结论：上述那些特质不是专属于某些个别人物，而是属于并且流行于那整个时代和整个民族的。

　　"试举彭斯为例来说，倘若不是前辈的全部诗歌都还在人民口头上活着，在他的摇篮旁唱着，他在儿童时期就在这些诗歌的陶冶下成长起来，把这些模范的优点都吸收进来，作为他继续前进的有生命力的基础，彭斯怎么能成为伟大的诗人呢？再说，倘若他自己的诗歌在他的民族中不能马上获得会欣赏的听众，不是在田野中唱着的时候得到收割庄稼的农夫们的齐声应和，而他的好友们也唱着他的诗歌欢迎他进小酒馆，彭斯又怎么能成为伟大的诗人呢？在那种气氛中，诗人当然可以作出一些成就！

"另一方面，我们这些德国人和他们比起来，现出怎样一副可怜相！我们的古老诗歌也并不比苏格兰的逊色，但是在我们青年时代，有多少还在真正的人民心中活着呢？赫尔德尔和他的继承者才开始搜集那些古老诗歌，把它们从遗忘中拯救出来，然后至少是印刷出来，放在图书馆里。接着，毕尔格尔和弗斯还不是写出了许多诗歌！谁说他们的诗歌就比不上彭斯的那样重要，那样富于民族性呢？但是其中有多少还活着，能得到人民齐声应和呢？它们写出来又印出来了，在图书馆里摆着，和一般德国诗人的共同遭遇完全一样。也许其中有一两首还由一个漂亮姑娘弹着钢琴来唱着，但是在一般真正的人民中它们却是音沉响绝了。当年我曾亲耳听到过意大利渔夫歌唱我的《塔索》中的片段，我的情绪是多么激昂呀！

"我们德国人还是过去时代的人。我们固然已受过一个世纪的正当的文化教养，但是还要再过几个世纪，我们德国人才会有足够多和足够普遍的精神和高度文化，使得我们能像希腊人一样欣赏美，能受到一首好歌的感发兴起，那时人们才可以说，德国人早已不是野蛮人了。"……

1828 年 3 月 12 日（近代文化病根在城市；年轻一代受摧残；理论和实践脱节）

歌德说，"我们这老一辈子欧洲人的心地多少都有点儿恶劣，我们的情况太矫揉造作、太复杂了，我们的营养和生活方式是违反自然规律的，我们的社交生活也缺乏真正的友爱和良好的祝愿。每个人都彬彬有礼，但没有人有勇气做个温厚而真诚的人，所以一个按照自然的思想和情感行事的老实人就处在很不利的地位。人们往往宁愿生在南海群岛上做所谓野蛮人，尽情享受纯粹的人的生活，不掺一点儿假。

"如果在忧郁的心情中深入地想一想我们这个时代的痛苦，就会感到我们越来越接近世界末日了。罪恶一代接着一代地逐渐积累起来了！我们为我们的祖先的罪孽受惩罚还不够，还要加上我们自己的罪孽去贻祸后代。"

我回答说，"我往往也有这种心情。不过这时我只要碰到一队德意志骑兵走过，看到这些年轻人的飒爽英姿，我就感到宽慰，对自己说，人类的远景毕竟还不太坏啊。"

歌德说，"我们的农村人民确实保持着健全的力量，还有希望长久保持下去，不仅向我们提供英勇的骑兵，而且保证我们不会完全腐朽和衰亡。应该把他们看做一种宝库，没落的人类将从那里面获得恢复力量和新生的源泉。但是一走到我们的大城市，你就会看到情况大不相同。你且到'跛鬼第二'或生意兴隆的医生那边打一个转，他会悄悄地对你谈些故事，使你对其中的种种苦痛和罪恶感到震惊和恐怖，这些都是搅乱人性，贻害社会的。

"……

"就拿我们心爱的魏玛来说，我只消朝窗外看一看，就可以看出我们的情况怎样。最近地上有雪，我邻家的小孩们在街头滑小雪橇，警察马上来了，我看到那些可怜的小家伙赶快纷纷跑开了。现在春天的太阳使他们在家里关不住，都想和小朋友们到门前游戏，我看见他们总是很拘谨，仿佛感到不安全，生怕警察又来光顾。没有哪个孩子敢抽一下鞭子，唱个歌儿，或是大喊一声，生怕警察一听到就来禁止。在我们这里总是要把可爱的青年人训练得过早地驯良起来，把一切自然、一切独创性、一切野蛮劲都驱散掉，结果只剩下一派庸俗市民气味。

"你知道，我几乎没有一天不碰见生人来访。看到他们的面貌，特别是来自德国东北部的青年学者们那副面貌，我要是说我感到非常高兴，那我就是撒谎。近视眼，面色苍白，胸膛瘦削，年轻而没有青年人的朝气，他们多数人给我看到的面相就是这样。等到和他们谈起话来，我马上注意到，凡是我们感到可喜的东西对他们都像是空的、微不足道的，他们完全沉浸在理念里，只有玄学思考中最玄奥的问题才能引起他们的兴趣，他们对健康意识和感性事物的喜悦连影子也没有。他们把青年人的情感和青年人的爱好全都排斥掉，使它们一去不复返了，一个人在二十岁就已显得不年轻，到了四十岁怎么能显得年轻呢？"

歌德叹了一口气，默然无语。

我想到上一个世纪歌德还年轻时那种好时光，色任海姆的夏日微风就浮上心头，于是念了他的两句诗给他听：

> 我们这些青年人，
> 午后坐在凉风里。

歌德叹息说，"那真是好辰光啊！不过我们不要再想它吧，免得现在这种阴雾弥漫的愁惨的日子更使人难过。"

我就说，"要来第二个救世主，才能替我们消除掉现时代这种古板正经、这种苦恼和沉重压力哩。"

歌德说，"第二个救世主要是来了，也会第二度被钉上十字架处死。我们还不需要那样大的人物，如果我们能按照英国人的模子来改造一下德国人，少一点儿哲学，多一点儿行动的力量，少一点儿理论，多一点儿实践，我们就可以得到一些拯救，用不着等到第二个基督出现了。人民通过学校和家庭教育可以从下面做出很多事来，统治者和他的臣僚们从上面也可以做出很多事来。

"举例来说，我不赞成要求未来的政治家们学习那么多的理论知识，许多青年人在这种学习中身心两方面都受到摧残，未老先衰。等到他们投身实际工作时，他们固然有一大堆哲学和学术方面的知识，可是在所操的那种窄狭行业中完全用不上，因而作为无用的废物忘得一干二净了。另一方面，他们需要的东西又没有学到手，也缺乏实际生活所必需的脑力和体力。

"……

"所有这些人情况都很糟。那些学者和官僚有三分之一都捆在书桌上，

身体糟蹋了，愁眉苦脸。上面的人应该采取措施，免得未来的世世代代都
再像这样被毁掉。"

歌德接着微笑说，"让我们希望和期待一百年后我们德国人会是另一个
样子，看那时我们是否不再有学者和哲学家而只有人。"

1828 年 10 月 17 日（古典的和浪漫的）

歌德近来很爱阅读《地球》，常拿这个刊物做谈话资料。库让和他那个
学派的工作在他看来特别重要。

他说，"这批人在努力开辟沟通法国和德国的渠道，他们铸造了一种完
全适合于交流两国思想的语言。"

他对《地球》特别感兴趣，也因为它经常评论法国文学界的最新作品，
而且热情地为浪漫派的自由或摆脱无用规律进行辩护。

他今天说，"过去时代那一整套陈旧规律有什么用处？为什么在古典的
和浪漫的这个问题上大叫大嚷！关键在于一部作品应该通体完美，如果做
到了这一点，它也就会是古典的。"

……

1829 年 4 月 6 日（日耳曼民族个人自由思想的利弊）

歌德谈起基佐，他说，"我还在读他的讲义，还是写得顶好。……

"基佐谈到过去时代各民族对高卢族的影响时，我对他关于日耳曼
民族所说的一番话特别注意。他说，'日耳曼人给我们带来了个人自由的
思想，这种思想尤其是日耳曼民族所特有的。'这话不是说得很好吗？他
不是完全说对了吗？个人自由的思想不是直到今天还在我们中间起作用
吗？宗教改革的思想根源在此，瓦尔特堡大学生们的造反阴谋也是如此，
好事和坏事都受了这种思想的影响。我们文学界的杂乱情况也与此有关，
诗人们都渴望显出独创性，每人都相信有必要另辟蹊径，乃至我们的学者
们分散孤立，人各一说，各执己见，都是出于同一个来源。法国人和英国
人却不然，他们彼此聚会的机会多得多，可以互相观摩切磋。他们在仪表

和服装方面都显出一致性。他们怕标新立异，怕惹人注目或讥笑。德国人却各按自己的心意行事，只求满足自己，不管旁人如何。基佐看得很正确，个人自由的思想产生了很多很好的东西，却也产生了很多很荒谬的东西。"

我们谈到德文 Geist 和法文 ésprit 在意义上的区别。

歌德说，"法文 ésprit 近似德文的 Witz，法国人大概要用 ésprit 和 âme 两个词来表达德文 Geist 这一个词，Geist 包括'创造性'的意思，法文 ésprit 却没有这个意思。"

我说，"不过伏尔泰仍具有我们所说的 Geist。esprit 既然不够，法国人用什么词呢？"

歌德说，"用在伏尔泰那样的高明人身上时，法国人就用 génie 这个词。"

我说，"我现在正读狄德罗的一部著作，他的非凡才能使我惊异。多么渊博的知识！多么有力的语言！我们所看到的是个生动活泼的广阔世界，其中一环扣着一环，心智和性格都在不断地运用，使二者都必然显得灵活而又坚强。我看前一个世纪法国人在文学领域里出了些我认为非凡的人物，我只窥测一下就不得不感到惊奇。"

歌德说，"那是长达百年之久的演变的结果。这种演变从路易十四时代就开始蒸蒸日上，现在才达到繁荣期。但是激发狄德罗、达兰贝尔和博马舍等人的心智的是伏尔泰，因为要追赶到能勉强和伏尔泰比肩，就须具有很多条件，还需孜孜不辍地努力才行。"

……

1830 年 3 月 21 日（"古典的"和"浪漫的"：这个区别的起源和意义）

接着我们谈到身体的疾病状态以及身体与心灵的相互影响。

歌德说，"心灵可以起支持身体的作用，这是不易置信的。我经常患胃病，但是心灵的意志和上半身的精力却把我支持住了。不能让心灵屈服于身体！我在温度高时比在温度低时的工作效果好。知道了这一点，我每逢温度低时，就尽力使劲，来抵消低温度的坏影响。我发现这办法行得通。

"不过诗艺方面有些东西却不能勉强，我们须等待好时机来做单凭心灵的意志所不能做到的事。例如我目前在写《瓦尔普吉斯之夜》，写得比较慢，因为我想使全幕显出应有的魄力和美妙风味。我已写得不少了，希望在你出国之前写完。

"我把这一幕中关键性的东西和一些个别对象区别开来，使它具有普遍意义，这样就使读者虽有用作比喻的对象而不了解它究竟何所指。我力图使一切在古典意义上具有鲜明的轮廓，丝毫没有符合浪漫派创作方法的那种暧昧模糊的东西。

"古典诗和浪漫诗的概念现已传遍全世界，引起许多争执和分歧。这个概念起源于席勒和我两人。我主张诗应采取从客观世界出发的原则，认为只有这种创作方法才可取。但是席勒却用完全主观的方法去写作，认为只有他那种创作方法才是正确的。为了针对我来为他自己辩护，席勒写了一篇论文，题为《论素朴的诗和感伤的诗》。他想向我证明：我违反了自己的意志，实在是浪漫的，说我的《伊菲革涅亚》由于情感占优势，并不是古典的或符合古代精神的，如某些人所相信的那样。史雷格尔弟兄抓住这个看法把它加以发挥，因此它就在世界传遍了，目前人人都在谈古典主义和浪漫主义，这是五十年前没有人想得到的区别。"

第十一章

戏剧艺术和经验

歌德与戏剧的关系，首先在于他是一个优秀的剧作家，其次，他又是一个担任过剧院领导者多时的戏剧活动家。在这个过程中，他也发表过一些戏剧见解。

歌德在担任过一个时期的剧院领导之后，对戏剧的舞台性问题非常重视。他一再告诫人们，一个读起来不错的剧本不一定适宜于上演。一个戏剧作品内容健康、合乎道德的根本依据，歌德认为不在于外加的、抽象的宣教义务，而在于剧作者本人的思想感情和品格。简言之，是人格的自然流露。歌德在这里主张的，是戏剧家的社会责任和本人道德的一致论。歌德挑选演员，不仅止于初选，也不仅止于观察。他把挑选理解成一个伴随着培养和引导的过程，观察是在这个过程中进行的。从阐述分配角色的办法中，歌德实际上也已阐述了提高演员的一个基本办法，那就是："我通过剧本来提高演员。因为研究和不断运用卓越的剧本必然会把一个人训练成才，只要他不是天生的废品。"

1823 年 11 月 15 日（《华伦斯坦》上演）

晚间我到剧院第一次看《华伦斯坦》上演。歌德没有夸大。印象很深刻，打动了我的内心深处。演员们大多数受过席勒和歌德亲身教导他们的影响，他们把剧中重要人物的整体摆在我眼前，同时使我想象到他们各自的个性，这是单靠阅读所不能办到的。因此这部剧本对我产生了不同寻常的效果，一整夜都在我脑子里盘旋。

1824 年 3 月 30 日（体裁不同的戏剧应在不同的舞台上演；思想深度的重要性）

今晚在歌德家里，只有我和他在一起。我们东拉西扯地闲聊，喝了一瓶酒。我们谈到法国戏剧和德国戏剧的对比。

歌德说，"在德国听众中很难见到在意大利和法国常见的那种纯正的判断。在德国特别对我们不利的是把性质不同的戏剧都乱放在一个舞台上去演出。例如在同一个舞台上，我们昨天看的是《哈姆莱特》，今天看的是《斯塔波尔》，明天我们欣赏的是《魔笛》，后天又是《新的幸运儿》。这样就在听众中造成判断的混乱，把不伦不类的东西混在一起，就使听众不知怎样去理解和欣赏。此外，听众中各有各的要求和愿望，总是爱到经常得到满足的地方去求满足。今天在这棵树上摘得无花果，明天再去摘，摘到的却是黑刺莓，这就不免扫兴了。

"席勒过去曾打过一个很好的主意，要建筑一座专演悲剧的剧院，每周专为男人们演一部剧本。但是这个办法需要有很多的人口，我们这里条件很差，办不到这一点。"

接着我们谈到伊夫兰和考茨布。就这两人的剧本所用的体裁范围来说，它们受到了歌德的高度赞赏。歌德说，"正由于一般人不肯严格区分体裁种类的毛病，这些人的剧本往往受到不公平的谴责。我们还要等待很长的时间，才会再见到这样有才能的通俗作家哩。"

……

歌德接着谈到普拉顿的一些新剧本。他说，"从这些作品里可以见出卡尔德隆的影响。它们写得很俏皮，从某种意义来说，也很完整；但是它们缺乏一种特殊的重心，一种有分量的思想内容。它们不能在读者心灵中激起一种深永的兴趣，只是轻微地而且暂时地触动一下心弦。它们像浮在水面的软木塞，不产生任何印象，只轻飘飘地浮在水面。

"德国人所要求的是一定程度的严肃认真，是思想的宏伟和情感的丰满。正是由于这个缘故，席勒受到普遍的高度评价。我绝对不怀疑普拉顿的才能，但是也许由于艺术观点错误，他的才能在这些剧本里并没有显示出来，而显示出来的是丰富的学识、聪明劲儿、惊人的巧智以及许多完善的艺术手腕；但这一切都还不够，特别是对我们德国人来说。

"一般说来，作者个人的人格比他作为艺术家的才能对听众要起更大的影响。拿破仑谈到高乃依时说过，'假如他还活着，我要封他为王！'——拿破仑并没有读过高乃依的作品。他倒是读过拉辛的作品，却没有说要封他为王。拉封丹也受法国人的高度崇敬，但并不是因为他的诗的优点，而是因为他在作品中所表现的人格的伟大。"

……

1825 年 3 月 22 日（魏玛剧院失火；歌德谈他如何培养演员）

昨夜十二点钟后不久，我们被火警惊醒了。人们大声喊："剧院失火啦！"我马上穿衣，赶忙跑到失火地点。一片巨大的普遍的惊慌。几点钟之前，我们还在那里欣赏女演员拉罗西在康保兰的《犹太人》一剧中所作的精彩表演，男演员赛伊德尔的滑稽诙谐也引起哄堂大笑。可是就在这个不久前还给我们精神享受的地方，最可怕的毁灭性元素却在猖獗肆虐了。

……

我回家休息了一会儿，上午就跑去看歌德。

仆人告诉我，歌德感到不舒服，在床上躺着。不过歌德还是把我召到他身边，把手伸给我握。他说，"这对我们都是损失，可是有什么办法呢？我的小孙子沃尔夫一大早就来到我床边，握住我的手，睁着大眼盯住我说，'人的遭遇就是这样呀！'除掉我亲爱的小沃尔夫用来安慰我的这句话以外，还有什么可说的呢？我苦心经营差不多三十年之久的这座剧院，现在化为灰烬了。不过小沃尔夫说得对，'人的遭遇就是这样呀。'夜里我没有怎么睡觉，从窗孔里望见烟火不断地飞向天空。你可以想象到，我对过去岁月的许多回忆都浮上心头，想起我和席勒的多年努力，想起我爱护的许多学徒的入院和成长，想到这一切，我的心情不免有些激动。因此，我想今天最好还是躺在床上。"

我称赞他想得周到。不过看来他好像毫不衰弱或困倦，心情还是很舒畅和悦的。我看躺在床上是他经常用来应付非常事故的一种老策略，例如他害怕来访者太拥挤的时候，也总是躺在床上。

歌德叫我在床前的椅子上坐下待一会儿。他对我说，"我想念到你，为你感到惋惜，现在还有什么可以供你消遣夜晚的时间呢！"

我回答说，"您知道我多么热爱戏剧。两年前我初到此地时，我对戏剧毫无所知，只在汉诺威看过三四次戏。刚来时什么对我都是新鲜的，无论是演员还是剧本。从那时以来，听您的教导，我把全副精神都放在接受戏剧的印象上，没有在这上面用过多少思考或反省。说实话，这两个冬天我在剧院里度过了我生平一些最无害也最愉快的时光。我对剧院着迷到不仅每场不漏，而且得到许可参观排练。这还不够，白天路过剧院，碰巧看到大门开着时，我就走进去，在正厅后座的空位置上坐上半个钟头，想象某些可能上演的场面。"

歌德笑着说，"你简直是个疯子，不过我很喜欢你这样。老天爷，但愿所有的观众都是这样的孩子们！——你基本上是对的，一个够年轻的人只要没有娇惯坏，很难找到一个比剧院更适合他的地方了。人们对你没有任何要求，你不愿意开口说话就不必开口说话；你像个国王，安闲自在地坐在那里，让一切在你眼前掠过，让心灵和感官都获得享受，心满意足。那里有的是诗，是绘画，是歌唱和音乐，是表演艺术，而且还不止这些哩！这些艺术和青年美貌的魔力都集中在一个夜晚，高度协调合作来发挥效力，这就是一餐无与伦比的盛筵呀！即使当中有好的也有坏的，但是总比站在窗口呆望，或是坐在一间烟雾弥漫的房子里和几个亲友打牌要强得多。魏玛剧院还是不可小视的，这是你知道的。它总还是我们的极盛时代留下来的一个老班底，又加上一批新培养出来的人才。我们总还可以上演些足以欣赏的东西，至少是形象完整的东西。"

我插嘴说，"二三十年前我要是躬逢其盛，那多好！"

歌德回答说，"那确实是个兴盛时期。当时有些重大的便利条件帮助了我们。试想一下，当时令人厌倦的法国文艺趣味风行时期才刚过去不久，德国观众还没有让过分的激情教坏，莎士比亚正以他的早晨的新鲜光辉在德国发生影响，莫扎特的歌剧刚出世，席勒的一些剧本一年接着一年地创作出来，由他亲自指导，让这些剧本以旭日的光辉在魏玛剧院上演。试想一下这一切，你就可以想象到当时老老少少所享受的就是这种盛筵，而当时听众是怀着感激的心情对待剧院的。"

我接着说，"亲身经历过那个时代的老一辈子，总是经常向我赞扬魏玛剧院当时的崇高地位。"

歌德回答说，"我不想否认，剧院当时的情况确实不坏。不过关键在于当时大公爵让我完全自由处理剧院的事，我爱怎样办就怎样办。我不要求布景堂皇，也不要求服装鲜艳，我只要求剧本一定要好。从悲剧到闹剧，不管哪个类型都行，不过一部剧本总要有使人喜见乐闻的东西。它必须宏伟妥帖，爽朗优美，至少是健康的、含有某种内核的。凡是病态的、委靡的、哭哭啼啼的、卖弄感情的以及阴森恐怖的、伤风败俗的剧本，都一概排除。我担心这类东西毒害演员和观众。

"我通过剧本来提高演员。因为研究和不断运用卓越的剧本必然会把一个人训练成材，只要他不是天生的废品。我还和演员们经常接触。我亲自指导初步排练，力求每个角色显出每个角色的意义。主要的排练我也亲自到场，和演员们讨论如何改进。每次上演我都不缺席，下一次就把我认为不对的地方指出来。

"用这种办法，我使演员们在表演艺术方面精益求精。同时我还设法提高整个演员阶层在社会评价中的地位，把最好的、最有希望的演员们纳入我的社交圈子，让世人看出我把他们看做配得上和我自己交朋友。结果其他魏玛上层人士也不甘落后，不久男女演员们就光荣地被接纳到最好的社交圈子里去了。通过这一切，演员们在精神上和外表上的教养都大大提高了。……

"席勒本着和我一样的认识进行工作。他和男女演员也有频繁的交往。他和我一样出席所有的排练，在他的剧本上演成功之后，他总是邀请他们到他家里去，和他们一起过一个快活的日子，共同欢庆成功的地方，并且讨论下次如何改进。但是席勒初参加我们这个集体时，就发现这里的演员和观众都已受过高度的教育。不可否认，这对他的剧本上演迅速获得成功是大有帮助的。"

我很高兴听到这样详细地谈及这个题目，我一向对这个题目很感兴趣，由于昨夜的火灾，首先浮上心头的也是这个题目。

我向他说，"您和席勒多年来对魏玛剧院做过许多很好的贡献，昨夜的火灾在某种程度上也结束了一个伟大的时代，这个时代恐怕要过很久才能回到魏玛来。你过去监督魏玛剧院时看到它非常成功，一定感到很大的快慰。"

歌德叹口气回答说，"可是麻烦和困难也不少。"

我说，"困难大概在于在那样多人形成的一个集体里维持住井井有条的秩序。"

歌德回答说，"要达到这一点，很大一部分要靠严厉，更大一部分要靠友爱，但是最重要的还是要靠通情达理，大公无私。

"我当时要警戒的有两个可能对我是危险的敌人。一个是我对才能的热爱，这很可能使我偏私。另一个敌人我不愿意说，但是你是知道的。我们剧院里有不少年轻漂亮而且富于精神魔力的妇女。我对其中许多人颇有热爱的倾向，而她们对我也走了一半路来相迎。不过我克制住自己，对自己说，'不能走得更远了！'我认识到自己的地位和职责。我站在剧院里，不是作为一个私人，而是作为一个机构的首脑。对我来说，这个机构的兴旺比我个人霎时的快乐更为重要。如果我卷入任何恋爱纠纷，我就会像一个罗盘的指针不能指向正确的方向，因为它旁边还有另一种磁力在干扰。

"通过这样的清白自持，我经常是自己的主宰，也就能经常是剧院的主宰。因此我受到必有的尊敬，如果没有这一点，一切权威很快就会垮台。"

歌德这番自白使我深受感动。前此我从旁的方面听到过关于歌德的类似的话，现在听到歌德亲口证实，心里很高兴。因此我更敬爱他，和他热烈地握手告别。

我回到失火场所。火焰和浓烟仍从废墟中往上升腾。人们在忙着灭火和拆卸。我在附近发现烧焦的手稿的残片。这是歌德的剧本《塔索》中的一些段落。

1825 年 3 月 27 日（筹建新剧院；解决经济困难的办法；谈排练和演员分配）

我和一些客人在歌德家里吃饭。他把新剧院的图案拿给我们看。这个图案和前天他跟我们谈过的一样，无论内部还是外部都说明这会是一座很漂亮的剧院。

有人说，这样漂亮的新剧院在装饰和服装方面应该比旧剧院好。我们还认为人员也日渐不够了。在正剧和歌剧两方面都要配备一些优秀的青年演员，同时我们也不是没有看到这一切都需要一大笔经费，而这是原先的经济情况所办不到的。

歌德说，"我知道得很清楚，在节约的借口下，可以请一些花钱不多的人进来。但是应该想到，这种办法对经济并无好处。对经济情况最有害的办法莫过于把一些基本项目都勉强节省掉。我们的目标应该是每晚都满座。要达到这个目标，有一个年轻的男歌手、一个年轻的女歌手、一个能干的男主角和一个能干的、色艺俱佳的、年轻的女主角，就可以作出很多的贡献。嗯，如果我仍然当最高领导，我还要进一步采取改善经济情况的办法，你们会发现我不会缺乏必须有的金钱。"

我们问歌德他想的是什么办法。

歌德回答说，"我想采用一个很简单的办法，就是在星期天也演戏。这样每年至少能多出四十个晚场的收入。如果财库每年不增添一万到一万五千元，那就算很坏了。"

我们觉得这条出路切实可行，还提到庞大的劳动阶级从星期一到星期六照例每天忙到很晚，星期天是唯一的休息日。在这天晚上他们会觉得与其挤在一个乡村小酒馆里跳舞、喝啤酒，倒不如到剧院里去享受较高尚的乐趣。我们还认为，农夫和小业主乃至附近小市镇的职员和殷实户，也会觉得星期天是个到魏玛去看戏的很合适的日子。此外，对于既不进宫廷，又不是高门大第或上层社团的成员的人们来说，星期天在魏玛一向是个最沉闷无聊的日子，一些孤零零的单身汉就不知道到哪里去才好。可是人们总是要求让他们每逢星期天夜晚有地方可去，开开心，忘掉一周来的烦恼。

星期天准许演戏是符合魏玛以外其他德国城市的老习惯的，所以歌德的想法得到完全赞成，大家都认为这是个好办法。不过还有一点疑虑：魏玛宫廷是否批准？

歌德回答说，"魏玛宫廷足够慈善和明智，不会阻止一种为城市谋福利的办法，而且这是一个重要的机构。魏玛宫廷一定会作出一点儿小牺牲，把星期天的例行晚会移到另一天去。万一这不行，我们为星期天上演，可以找到足够的为宫廷所不爱看而广大人民却觉得完全适合他们口味的剧本，这样就会很如意地充实财库。"

接着话题转到演员，大家对演员力量的利用和浪费谈得很多。

歌德说，"我在长期实践经验中发现一个关键，那就是决不排练一部正剧或歌剧，除非有十足的把握可以期望它连演几年都得到成功。没有人能充分考虑到排练一部五幕正剧乃至一部五幕歌剧要费多大力量。亲爱的朋友们，一个歌手把他在各景各幕所扮演的角色懂透练熟，需要下很多的工夫，至于要把合唱弄得像样，那就要下更多的工夫了。

"人们往往轻易地下令排练一部歌剧，而对这部歌剧是否能成功，却心中无数，他们只是从很不可靠的报章评论中听说过这部歌剧。我每逢听到这种情况，就不寒而栗。我们德国现在已有过得去的驿车，甚至开始有了快驿车。我主张在听到有一部歌剧在外地上演过而且博得赞赏时，就派一位导演或剧院中其他可靠的成员到现场观摩表演，以便弄清楚这部受到高度赞赏的新歌剧是否真好或适用，我们的力量是否够演出它。这种旅行费用比起所得到的裨益和所避免的严重错误来，是微不足道的。

"还有一点，一部好剧本或歌剧一旦经过排练，就要有短期间歇地一直演下去，只要它还在吸引观众，得到满座。这个办法也适用于一部老剧本或老歌剧。这种脚本也许扔开很久不上演了，现在拿来上演，就要重新排练，才演得成功。这种表演也要有短期间歇地重复下去，只要观众对它还感到兴趣。人们总是希望经常看到新的东西，对一部费大力排练出来的好剧本只愿看一次，至多是看两次，或是让前后两次上演之间的间歇拖到六周或八周之久，中间就有必要重新排练。这种情况对剧院是真正的伤害，对参加的演员们的力量也是不可宽恕的浪费。"

歌德好像把这个问题看得很重要，对它非常关心，所以谈到这个问题时热情洋溢，不像他平时那样恬静。

他接着说，"在意大利，人们每夜都上演同一部歌剧，达到四周或六周之久，而伟大的意大利儿女们决不要求更换，有教养的巴黎人看法国大诗人们的古典剧，总是百看不厌，以至能背诵剧文，用经过训练的耳朵去听出每个字音的轻重之分。在魏玛这里，人们让我的《伊菲革涅亚》和《塔索》荣幸地得到上演，可是能演几次呢？四五年还难得演上一次。听众觉得这些剧本乏味。这是很可理解的。演员们没有表演这些剧本的训练，观众也没有听这些剧本的训练。倘若演员们通过较经常的重演，深入体会到所演角色的精神，自己就变成那个角色，他们的表演就有了生命，仿佛不是经过排练，而是一切都从本心深处流露出来，那么，观众就不会仍然不感兴趣，不受感动了。

"实际上我一度有过一个幻想，想有可能培育出一种德国戏剧。我还幻想我自己在这方面能有所贡献，为这座大厦砌几块奠基石。我写了《伊菲革涅亚》和《塔索》，就怀着孩子气的希望，望它们能成为这种奠基石。但是没有引起感动或激动，一切还像往常一样。倘若我有了成效，博得了赞赏，我会写出成打的像《伊菲革涅亚》和《塔索》那样的剧本。但是，我已经说过，没有能把这类剧本演得有精神、有生气的演员，也没有能同情地聆听和同情地接受这类剧本的观众。"

1825 年 4 月 14 日（挑选演员的标准）

今晚在歌德家。因为关于剧院和剧院管理的讨论正提到现时的日程上来，我就问歌德根据什么标准去挑选一个新演员。

歌德回答说，"这也很难说，我进行挑选的方式各种各样。如果新演员原先已有好声望，我就让他表演，看他能否与其他演员合拍，他的表演作风是否扰乱整体，看他能否弥补缺陷。倘若一个年轻人从来没有上过台，我首先就察看他个人的风度，看他有没有悦人或吸引人的地方，特别看他有没有控制自己的能力。因为一个演员如果没有自制力，在旁人面前不能显示出自己做得恰到好处，一般说来，就是个庸才。他这行职业要求他不断地否定自己，不断地在旁人的面具下深入体验着和生活着！

　　"如果他的外貌和举止动静合我的意，我就让他朗诵，来测验他的发音器官的强度和广度，以及他在心灵方面的能力。我让他读一位大诗人的雄伟章节，来看他能否感觉到真正伟大的东西而且把它表达出来；再让他读些热情奔放乃至粗犷的东西来测验他的气力。然后我让他读些明白易懂的、风神隽永的、讽刺性的俏皮的东西，看他如何处理这类东西，是否有足够的精神自由来运用自如。接着我又让他读一些措写一位伤心人的苦楚、一个伟大心灵的痛苦的章节，看他有没有表达激情的能力。

　　"如果在这一切方面他都能使我满意，我就有理由希望把他训练成为一个重要的演员。如果他在某些方面显然比另一些方面强，我就会注意他的特长所在。我因此也认识到他的弱点所在，专在这方面加强对他的训练，把他培育成材。我如果发现他发音有方言或土话的毛病，就力劝他把方言土话丢掉，建议他多和没有这种毛病的剧院同事交朋友，进行一些友好的练习。我还要问他会不会舞蹈和击剑，如果不会，我就把他交给击剑师和舞蹈师去培训一段时间。

　　"如果他练到能上台了，我首先只分配和他的个性相宜的角色给他演，不要求他别的，只要求他把自己表现出来。这时如果我看到他生性火气大，我就叫他演不动情感的冷静人物，反之，如果他生性太安静，没精打采，我就叫他演有火气的鲁莽人物。这样他就学会抛开他自己，设身处地把旁人的性格体验出来。"

　　话题转到剧本中角色的分配，在这个问题上歌德有下面一段话，我看是值得注意的：

　　"有一种想法是极错误的，就是认为一部平凡的剧本应该分配给平凡的演员去演。其实，一部第二、三流的剧本如果分配给第一流的演员去演，会出人意料地得到提高，变成好作品。如果这类剧本分配给第二、三流的演员去演，效果完全等于零，就不足为奇了。

　　"二流演员分配在大剧本中倒顶好，因为他们可以起到像绘画中的那种阴影作用，把在强光中的东西很好地烘托出来。"

1825 年 5 月 1 日（歌德为剧院赚钱辩护）

　　在歌德家吃晚饭。可以设想到，头一个话题是新剧院建筑计划的改变。我原来担心这个最出人意料的措施会大伤歌德的感情。可是一点儿迹象也没有。我发现他的心情非常和蔼愉快，丝毫不露小气敏感的声色。

　　他说，"有人在大公爵面前从花费方面攻击我们的计划，说改变一下原计划，就可以节省很多，他们胜利了。我看改变也没有什么不对。一座新剧院毕竟也不过是一个新的火化堆，迟早总有一天会在某种事故中焚毁掉。我就是拿这一点来自慰。此外，多一点儿或少一点儿，高一点儿或低一点儿，都是不值得计较的。你们还是可以有一座过得去的剧院，尽管它不如我原来所希望或设想的。你们还是进去看戏，我也还是进去看戏。到头来一切都会顶好。"

　　歌德继续说，"大公爵向我说了他的意见，认为一座剧院用不着建筑得堂皇壮丽。这当然是无可非议的。他还认为剧院从来只有一个目的，那就是要赚钱。这个看法乍听起来倒是有点唯利是图，可是好好地想一想，也绝不是没有较高尚的一面。因为一座剧院不仅要应付开销，而且还要赚钱余钱，以便把一切都办得顶好。它在最上层要有最好的领导，演员们要完全是第一流的，要经常上演最好的剧本，以便每晚都达到满座。不过这是用很少几句话来说出很多的内容，这几乎是不可能的。"

　　我说，"大公爵想利用剧院去赚钱的看法既然意味着必须经常维持住尽善尽美的高峰，似乎是切实可行的。"

　　歌德回答说，"就连莎士比亚和莫里哀也没有其他看法。他们也首先要用剧院来赚钱啊。为了达到这个主要目的，他们就必须力求一切都尽善尽美，除了一些很好的老剧本以外，还要偶尔演一些崭新的好剧本来吸引观众，使他们感到乐趣。禁止《伪君子》上演对莫里哀是个沉重的打击，这与其说是对作为诗人的莫里哀，倒不如说是对作为剧院老板的莫里哀。作为剧院老板，他得考虑一个重要剧团的福利，要使他自己和演员都有饭吃。"

……

"假如我是大公爵，我就要在将来主管部门有人事变动时，给年度补助金规定一个永远适用的定额。我要根据过去十年的补助金求得一个平均数，以这个平均数为准，来规定一个公认为足够维持剧团的定额。依靠这笔补助金，我们应该能处理剧院的家务。然后我还要进一步建议，如果院长和导演们通过他们的审慎的强有力的领导，使得财库到年终时还有盈余，这笔盈余就该归院长、导演们和剧团中主要成员分享，作为奖金。这样你就会看到剧院活跃起来，整个机构就会从逐渐打瞌睡的状态中苏醒过来了。"

歌德继续说，"我们的剧院规章有各种各样的处罚条文，但是没有一条酬劳和奖励优异功勋的规程。这是一个大缺点，因为每犯一次错误，我就看到要扣薪；每次做了超过分内的事，我也就应该看得到酬劳。只有每个人都肯比分内事多做一点儿，剧院才会兴旺起来。"

1825 年 5 月 1 日（谈希腊悲剧的衰亡）

……

天气很好，我们在园子里走来走去，然后坐在一条凳子上，背靠着矮树篱的嫩叶。我们谈到俄底修斯的弓，谈到荷马史诗里的希腊英雄们，谈到希腊悲剧，最后谈到一种广泛流传的说法，说欧里庇得斯造成了希腊悲剧的衰亡。歌德绝对不赞成这种看法。

他说，"说任何个人能造成一种艺术的衰亡，我决不赞成这种看法。有许多不易说明的因素加在一道起作用，才造成了这种结局。很难说希腊悲剧艺术在欧里庇得斯一人手里衰亡，正犹如很难说希腊雕刻艺术是在生于斐底阿斯时代而成就不如斐底阿斯的某个大雕刻家手里衰亡一样。因为一个时代如果真伟大，它就必然走前进上升的道路，第一流以下的作品就不会起什么作用。但是欧里庇得斯所处的是多么伟大的时代呀！那个时代的文艺趣味是前进而不是倒退的。当时雕刻还没有达到顶峰，绘画还仅仅处在萌芽状态。

"纵使欧里庇得斯的作品比起索福克勒斯的作品来确实有很大的缺点，也不能因此说继起的诗人们就只模仿这些缺点，以至导致悲剧的衰亡。但是如果欧里庇得斯的剧本也有很大的优点，有些甚至比索福克勒斯的作品更好，继起的诗人们为什么不努力模仿这些优点呢？为什么就不能至少和欧里庇得斯一样伟大呢？

"不过在著名的三大悲剧家之后，没有出现过同样伟大的第四个、第五个乃至第六个悲剧家，这个事实确实是不易说明的。我们可以有我们的揣测，多少可以接近真理。

"人是一种简单的东西。不管他多么丰富多彩，多么深不可测，他所处情境的循环周期毕竟不久就要终结的。

"如果当时的情况就像我们可怜的德国现在这样，莱辛写过两三种，我写过三四种，席勒写过五六种过得去的剧本，那么，当时希腊也很可能出现第四个、第五个乃至第六个悲剧家。

"但是希腊当时情况却不同，作品多得不可胜数，三大悲剧家每人都写过一百种或接近一百种的剧本。《荷马史诗》中的题材和希腊英雄传说大部分都已用过三四次了。当时存在的作品既然这样丰富，我认为人们不难理解，内容材料都要逐渐用完了，继三大悲剧家之后，任何诗人都看不到出路了。

"他再写有什么用处呢！说到究竟，当时的剧本不是已经很够用了吗？埃斯库罗斯、索福克勒斯和欧里庇得斯三人的那种深度的作品不是摆在那里，让人们听而又听都不感到腻味，不肯任其淹没吗？就连流传下来的他们的一些宏伟的断简残篇所显出的广度和深度，就已使我们这些可怜的欧洲人钻研了一百年之久，而且还要继续搞上几百年才行哩。"

1826 年 7 月 26 日（上演的剧本不同于只供阅读的剧本；备演剧目）

今晚我荣幸地听到歌德谈了很多关于戏剧的话。

我告诉歌德说，我有一个朋友想把拜伦的剧本《浮斯卡里父子俩》安排上演。歌德对它能否成功表示怀疑。

他说，"那确实是一件有引诱力的事。一部剧本读起来对我们产生巨大效果，我们就认为可以拿它上演，不费什么力量就可以成功。但这是另一回事。一部剧本如果本来不是作者本着自己的意图和财力为上演而写出的，上演就不会成功，不管你怎么演，它还是有些别扭甚至引起反感。我费过多少力量写出《葛兹·封·伯利欣根》！可是作为上演的剧本，它就不对头。它太长了，我不得不把它分成两部分，后一部分倒是可以产生戏剧效果的，可是前一部分只能看做一种说明性的情节介绍。如果把前一部分只作为情节介绍先来一次演出，以后连场复演时只演后一部分，那也许会行。席勒的《华伦斯坦》也有类似的情况，其中皮柯乐米尼部分经不住复演，后来华伦斯坦之死部分却是人们常看不厌的。"

我问，一部剧本要怎样写才会产生戏剧效果。

歌德说，"那必须是象征性的。这就是说，每个情节必须本身就有意义，而且指向某种意义更大的情节。从这个观点看，莫里哀的《伪君子》是个极好的模范。想一想其中第一景是个多么好的情节介绍啊！一开始一切都有很大的意义，而且导向某种更大的意义。莱辛的《明娜·封·巴尔赫姆》的情节介绍也很高明，但是《伪君子》的情节介绍在世间只能见到一次，它在同类体裁中要算是最好的。"

接着我们谈到卡尔德隆的剧本。

歌德说，"在卡尔德隆的作品里，你可以看到同样完美的戏剧效果。他的剧本全都便于上演，其中没有哪一笔不是针对所要产生的效果而着意写出来的。他是一个同时具有最高理解力的天才。"

我说，"很奇怪，莎士比亚所有的剧本都是为着上演而写出的，可是按严格的意义来说，却不能算是便于上演的剧本。"

歌德回答说，"莎士比亚所写的剧本全是吐自衷曲，而且他的时代以及当时舞台的布置对他也没有提出什么要求，人们满足于莎士比亚拿给他们的东西。假如他是为马德里宫廷或是路易十四的剧院而写作的，他也许要适应一种较严格的戏剧形式。但是也没有什么可惜的，因为莎士比亚作为戏剧体诗人，就我们看虽有所损失，而作为一般诗体诗人却得了好处。莎士比亚是一个伟大的心理学家，从他的剧本中我们可以学会懂得人类的思想感情。"

接着我们谈到剧院管理方面的困难。

歌德说，"困难在于懂得如何移植偶然性的东西而不致背离我们的基本原则。这些基本原则之一就是：要有一个包括优秀的悲剧、歌剧和喜剧的很好的备演戏目，把它看做固定的、经常演出的，至于我所称为偶然性的东西是指听众想看的新剧本、客串演出之类。我们不能让这类东西打乱我们的步调，要经常回到我们的备演戏目。我们这个时代有很多的优秀剧本，对于一个行家来说，制定出一套很好的备演戏目是件极容易的事，而坚持按照备演戏目演出却是件极难的事。

"过去席勒和我掌管魏玛剧院时，我们有一个便利，整个夏季都在洛希斯塔特演出。那里有一批优选的听众，非好戏不看，所以回到魏玛时已把一批好戏排练得很熟，可以在冬季复演夏季演过的节目。魏玛听众信任我们的领导，即使上演了他们不能欣赏的东西，他们也相信我们的表演是根据一种较高的宗旨的。

"到了九十年代，我关心戏剧的真正时期已过去，不再写戏上演了，我想完全转到史诗方面。席勒使我已抛弃的戏剧兴趣复活了，我又参加了剧院，为了演出他写的剧本。在我的剧本《克拉维哥》写成的时期，我要写一打剧本也不难，有的是题材，写作对我也是驾轻就熟的。我可以每周写出一个剧本来，可惜我没有写。"

1827 年 3 月 21 日（黑格尔门徒亨利克斯的希腊悲剧论）

歌德给我看亨利克斯论希腊悲剧本质的一本小册子。他说，"我已读过，很感兴趣。亨利克斯用索福克勒斯的《俄狄浦斯王》和《安蒂贡》两部悲剧来阐明他的观点。这本书很值得注意，我把它借给你读一读，以便下次我们讨论。我并不赞成他的意见，但是看一看像亨利克斯这样受过彻底哲学教养的人怎样从他那一派哲学观点来看诗的艺术作品，是很有教益的。今天我的话就到此为止，免得影响你自己的意见。你且读一读，就可以发现它会引起各种各样的思想。"

1827 年 3 月 28 日（评黑格尔派对希腊悲剧的看法；对莫里哀的赞扬；评史雷格尔）

亨利克斯的书已仔细读过，今天我把它带还歌德。为着完全掌握他所讨论的题目，我把索福克勒斯的全部现存作品重温了一遍。

歌德问我，"你觉得这本书如何？是不是把问题谈得很透？"

我回答说，"我觉得这本书很奇怪。旁的书从来没有像这本书一样引起我这么多的思考和这么多的反对意见。"

歌德说，"正是如此。我们赞同的东西使我们处之泰然，我们反对的东西才使我们的思想获得丰产。"

我说，"我看他的意图是十分可钦佩的，他从来不停留在表面现象上。不过他往往迷失在细微的内心情况里，而且纯凭主观，因而既失去了题材在细节上的真相，也失去了对整体的全面观察。在这种情况下，我们就不得不对自己和题材都施加暴力，勉强予以歪曲，才能和他想到一起。此外，我还往往感觉到自己的感官仿佛太粗糙，分辨不出他所提出的那些非常精微奥妙的差别。"

歌德说，"假如你也有他那样的哲学训练，事情就会好办些。说句老实话，这位来自德国北方海边的亨利克斯无疑是个有才能的人，而他竟被黑格尔哲学引入迷途，我真感到很惋惜。他因此就失去了用无拘束的自然方式去观察和思考的能力。他在思想和表达两方面都逐渐养成了一种既矫揉造作又晦涩难懂的风格。所以他的书里有些段落让我们看不懂，简直不知所云。"

……

"我想这就够了！我不知道英国人和法国人对于我们德国哲学家们的语言会怎样想，连我们德国人自己也不懂他们说些什么。"

我说，"尽管如此，我们还是一致同意，承认这部书毕竟有一种高尚的意图，而且还有一个能激发思考的特点。"

歌德说，"他对家庭和国家的看法，以及对家庭和国家之间可能引起的悲剧冲突的看法，当然很好而且富于启发性，可是我不能承认他的看法对于悲剧艺术来说是最好的，甚至是唯一正确的。我们当然都在家庭里生活，也都在国家里生活。一种悲剧命运落到我们头上，当然和我们作为家庭成员和作为国家成员很难毫无关系。但是我们单是作为家庭成员，或单是作为国家成员，还是完全可以成为很适合的悲剧人物。因为悲剧的关键在于有冲突而得不到解决，而悲剧人物可以由于任何关系的矛盾而发生冲突，只要这种矛盾有自然基础，而且真正是悲剧性的。例如埃阿斯由于荣誉感受损伤而终于毁灭，赫剌克勒斯由于妒忌而终于毁灭。在这两个事例里，都很难见出家庭恩爱和国家忠贞之间的冲突。可是按照亨利克斯的说法，家与国的冲突却是希腊悲剧的要素。"

……

歌德接着说，"就一般情况来说，你想已注意到，亨利克斯是完全从理念出发来考察希腊悲剧的，并且认为索福克勒斯在创作剧本时也是从理念出发，根据理念来确定剧中人物及其性别和地位。但是索福克勒斯在写剧本时并不是从一种理念出发，而是抓住在希腊人民中久已流传的某个现成的传说，其中已有一个很好的理念或思想，他就从这个传说构思，想把它描绘得尽可能地美好有力，搬到舞台上演出。"……

我插嘴说，"亨利克斯关于克瑞翁的行为所说的话好像也站不住脚。他企图证明克瑞翁禁止埋葬波吕尼刻斯是纯粹执行国法，说他不仅是一个普通人，而是一个国王，国王是国家本身的人格化，正是他才能在悲剧中代表国家权力，也正是他才能表现出最高的政治道德。"

歌德带着微笑回答说，"那些话是没有人会相信的。克瑞翁的行动并不是从政治道德出发，而是从对死者的仇恨出发。波吕尼刻斯在他的家族继承权被人用暴力剥夺去之后，设法把它夺回来，这不是什么反对国家的滔天罪行，以致死还不足赎罪，还要惩罚无辜的死尸。

"一种违反一般道德的行动决不能叫做政治道德。克瑞翁禁止收葬波吕尼刻斯，不仅使腐化的死尸污染空气，而且让鹰犬之类把尸体上撕下来的骨肉碎片衔着到处跑，以致污染祭坛。这样一种人神共嫉的行动绝不是一种政治德行，而是一种政治罪行。不仅如此，剧中每个人物都是反对克瑞翁的：组成合唱队的国中父老、一般人民、星相家乃至他自己的全家人都反对他。但是他都不听，顽固到底，直至毁灭了全家人，而他自己也终于只成了一个阴影。"

我说，"可是听到克瑞翁说的话，我们却不免相信他有理。"

歌德说，"这里正足以见出索福克勒斯的大师本领，这也是一般戏剧的生命所在。索福克勒斯所塑造的人物都有这种口才，懂得怎样把人物动作的动机解释得头头是道，使听众几乎总是站在最后一个发言人一边。

"人们都知道，索福克勒斯自幼受过很好的修辞训练，惯于搜寻一件事物的真正的道理和表面的道理。"……

接着我们进一步谈到索福克勒斯在他的剧本里着眼于道德倾向的较少，他着眼较多的是对当前题材的妥当处理，特别是关于戏剧效果的考虑。

歌德说，"我并不反对戏剧体诗人着眼于道德效果，不过如果关键在于把题材清楚而有力地展现在观众眼前，在这方面他的道德目的就不大有帮助；他就更多地需要描绘的大本领以及关于舞台的知识，这样才会懂得应该取什么和舍什么。如果题材中本来寓有一种道德作用，它自然会呈现出来，诗人所应考虑的只是对他的题材作有力的艺术处理。诗人如果具有像索福克勒斯那样高度的精神意蕴，不管他怎样做，他的道德作用会永远是好的。此外，他了解舞台情况，懂得他的行业。"

……

歌德接着说，"就我们近代的戏剧旨趣来说，我们如果想学习如何适应舞台，就应向莫里哀请教。你熟悉他的《幻想病》吧？其中有一景，我每次读这部喜剧时都觉得它象征着对舞台的透彻了解。我所指的就是幻想病患者探问他的小女儿是否有一个年轻人到过她姐姐房子里那一景。另一个作家如果对他的行业懂得不如莫里哀那样透彻，他就会让小路易莎马上干干脆脆把事实真相说出来，那么，一切就完事大吉了。可是莫里哀为着要产生生动的戏剧效果，在这场审问中用了各种各样的延宕花招。他首先让小路易莎听不懂她父亲的话，接着让她说她什么都不知道；她父亲要拿棍子打她，她就倒下装死；她父亲气得发昏，神魂错乱，她却从装死中狡猾地嬉皮笑脸地跳起来，最后才逐渐把真相吐露出来。

"我这番解释只能使你对原剧的生动活泼有个粗浅的印象。你最好亲自去细读这一景，去深刻体会它的戏剧价值。你会承认，从这一景里所获得的实际教益比一切理论所能给你的都要多。"

歌德接着说，"我自幼就熟悉莫里哀，热爱他，并且毕生都在向他学习。我从来不放松，每年必读几部他的剧本，以便经常和优秀作品打交道。这不仅因为我喜爱他的完美的艺术处理，特别是因为这位诗人的可爱的性格和有高度修养的精神生活。他有一种优美的特质、一种妥帖得体的机智和一种适应当时社会环境的情调，这只有像他那样生性优美的人每天都能和当代最卓越的人物打交道，才能形成的。对于麦南德，我只读过他一些残篇断简，但对他怀有高度崇敬，我认为他是唯一可和莫里哀媲美的伟大希腊诗人。"

我回答说，"我很幸运，听到您对莫里哀的好评。你的好评和史雷格尔先生的话当然不同调啊！就在今天，我把史雷格尔在戏剧体诗讲义里关于莫里哀的一番话勉强吞了下去，很有反感。史雷格尔高高在上地俯视莫里哀，依他的看法，莫里哀是一个普通的小丑，只是从远处看到上等社会，他的职业就是开各种各样的玩笑，让他的主子开心。对于这种低级趣味的玩笑，他倒是顶灵巧的，不过大部分还是剽窃来的。他想勉强挤进高级喜剧领域，但是没有成功过。"

歌德回答说，"对于史雷格尔之流，像莫里哀那样有才能的人当然是一个眼中钉。他感到莫里哀不合自己的胃口，所以不能忍受他。莫里哀的《厌世者》令我百读不厌，我把它看做我最喜爱的一种剧本，可是史雷格尔却讨厌它。他勉强对《伪君子》说了一点儿赞扬话，可还是在尽量贬低它。他不肯宽恕莫里哀嘲笑有些学问的妇女们装腔作态。像我的一位朋友所说的，史雷格尔也许感觉到自己如果和莫里哀生活在一起，就会成为他嘲笑的对象。"

歌德接着说，"不可否认，史雷格尔知道的东西极多。他的非凡的渊博几乎令人吃惊，但是事情并不到此为止。知识渊博是一回事，判断正确又是另一回事。史雷格尔的批评完全是片面的。他几乎对所有的剧本都只注意到故事梗概和情节安排，经常只指出剧本与前人作品的某些微末的类似点，毫不操心去探索一部剧本的作者替我们带来什么样的高尚心灵所应有的美好生活和高度文化教养。但是一个有才华的人耍出一切花招有什么用处，如果从一部剧本里我们看不到作者的可敬爱的伟大人格？只有显出这种伟大人格的作品才能为民族文化所吸收。

"在史雷格尔处理法国戏剧的方式中，我只看到替一个低劣的评论员所开的药方，这位评论员身上没有哪一个器官能欣赏高尚卓越的东西，遇到才能和伟大人物性格也熟视无睹，仿佛那只是糟糠。"

……

1827 年 4 月 1 日（谈道德美；戏剧对民族精神的影响）

……

昨晚剧院上演了歌德的《伊菲革涅亚》。……

歌德说，"一个演员也应该向雕刻家和画家请教，因为要演一位希腊英雄，就必须仔细研究流传下来的希腊雕刻，把希腊人的坐相、站相和行为举止的自然优美铭刻在自己心里。但是只注意身体方面还不够，还要仔细研究古今第一流作家，使自己的心灵得到高度文化教养。这不仅对了解他所扮演的角色有帮助，而且也使自己整个生活和仪表获得一种较高尚的色调。"……

话题转到索福克勒斯的《安提戈涅》以及贯穿其中的道德色彩，最后又谈到世间道德的起源问题。

歌德说，"像一切美好的事物一样，道德也是从上帝那里来的。它不是人类思维的产品，而是天生的内在的美好性格。它多多少少是一般人类生来就有的，但是在少数具有卓越才能的心灵里得到高度显现。这些人用伟大事业或伟大学说显现出他们的神圣性，然后通过所显现的美好境界，博得人们爱好，有力地推动人们尊敬和竞赛。

"但是道德方面的美与善可以通过经验和智慧而进入意识，因为在后果上，丑恶证明是要破坏个人和集体幸福的，而高尚正直则是促进和巩固个人和集体幸福的。因此，道德美便形成教义，作为一种明白说出的道理在整个民族中传播开来。"

我插嘴说，"我最近还在阅读中碰到一种意见，据说希腊悲剧把道德美看做一个特殊的目标。"

歌德回答说，"与其说是道德，倒不如说是整个纯真人性；特别是在某种情境中，它和邪恶势力发生了冲突，它就变成悲剧性格。在这个领域里，道德确实是人性的主要组成部分。

"此外，《安提戈涅》中的道德因素并不是索福克勒斯创造的，而是题材本来就有的，索福克勒斯采用了它，使道德美本身显出戏剧性效果。"……

1829 年 2 月 4 日（阅读的剧本与上演的剧本）

……

歌德接着说，"……一部写在纸上的剧本算不得怎么回事。诗人必须了解他用来进行工作的手段，必须把剧中人物写得完全适应要扮演他们的演员。……为舞台上演而写作是一种特殊的工作，如果对舞台没有彻底了解，最好还是不写。每个人都认为一种有趣的情节搬上舞台后也还一样有趣，可是没有这么回事！读起来很好乃至思考起来也很好的东西，一旦搬上舞台，效果就很不一样，写在书上使我们着迷的东西，搬上舞台可能就枯燥无味。读过我的《赫尔曼与窦绿台》的人认为它可以上演。特普费尔就尝试过，但是效果如何呢？特别是演得不太高明时，谁能说它在各方面都是一部好剧本呢？一个人为舞台上演写剧本，既要懂行，又要有才能。这两点都是难能罕见的，如果不结合在一起，就很难收到好效果。"

1830 年 3 月 17 日（论剧本创作要集中精炼）

晚上在歌德家待了两个钟头。我奉大公爵夫人之命，把博恩豪泽的一部悲剧带还给他。我把我认为的这部剧本的优点也告诉了他。歌德回答说，"我每逢看到一部有独创性的、显出才能的作品，总感到高兴。"接着他用双手捧着这部剧本，斜着眼看了一下，说，"不过每逢看到一位剧作家把剧本写得太长，而且要照样上演，我总以为不妥。这个缺点就打消了我的乐趣的一半。你只看看这部剧本竟有这样厚！"

我回答说，"席勒在这一点上也不见得就好得多，可是他还是一个伟大的剧作家呀。"

歌德说，"席勒的确有这个缺点，特别是他的早期剧本。当时他正年轻力壮，写起来总是没完没了，他心里要说的话太多，超出了他的控制力。后来他察觉到这个缺点，尽力通过学习和钻研来克服它，可是没有完全成功。对题材加以适当的控制，不被它缠住，把全副精力集中到绝对必要的东西上去，这套功夫比一般人所想象的要难些，要有很大的诗才才办得到。"

……

1831 年 3 月 27 日（剧本在顶点前须有介绍情节的预备阶段）

……

我告诉歌德，我已开始陪公子读《明娜·封·巴尔赫姆》，我觉得这部剧本很好。我说，"人们说莱辛是个头脑冷静的人，不过我从这部剧本看到，作者是个爽朗新颖而活泼的人，具有人们所向往的热烈心肠、深挚情感、可爱的自然本色以及广阔的世界文化教养。"

歌德说，"这部剧本最初出现在那个黑暗时期，对我们那一代青年人产生过多大影响，你也许想象得到。它真是一颗光芒四射的流星，使我们看到还有一种远比当时平庸文学所能想象的更高的境界。这部剧本的头两幕真是情节介绍的模范，人们已从此学得很多东西，它是永远值得学习的。

"现在没有哪个作家还理会什么情节介绍。过去一般人期待到第三幕才发生的那种效果现在在第一幕就要产生了。他们不懂得作诗正如航海，先须推船下海，在海里航行一定路程之后，才扬满帆前驶。"……

1831 年 5 月 25 日（歌德对席勒的《华伦斯坦》的协助）

我们谈到《华伦斯坦》中《阵营》那一幕。我过去常听说歌德参加过这部剧本的写作，特别是托钵僧的布道词是他的手笔。今天吃饭时，我就向歌德提出这个问题。

歌德回答说，"那基本上是席勒自己的作品。不过当时我们生活在一起，关系很亲密，席勒不仅把那部剧本的计划告诉过我，和我讨论过，而且在写作过程中把每天新写的部分都告诉了我，听取而且利用了我的意见，所以也可以说我对这部剧本出了一点儿力。他写到托钵僧的布道词之前，我曾把圣克拉拉修道院的亚伯拉罕的布道词集送给他，他发挥了很大的才智，马上利用这部布道词集把托钵僧的布道词写出来了。

"至于说某些诗句是我写的，我已记不清楚，只记得两句：

被另一军官刺死的那位军官。
曾遗留给我那对有好兆头的骰子。

因为我想把农民获得那对骰子的来由交代清楚，所以亲手在原稿上添了这两句。席勒没有想到这一点，就大胆地让农民获得那对骰子而不追问来由。我已说过，席勒对剧中情节的来龙去脉素来不大仔细考虑，也许就是因为这个缘故，他的剧本上演，效果反而更好。"

▌名家点评▐

歌德可以代表整个德国文学，这倒并不是因为在某些方面没有比他更高明的作家。但他是唯一能把全部德意志精神的特点汇聚于一身的人。

——（俄）别林斯基